わるもん

須賀ケイ

集英社

わるもん

レーズンが嫌いだ。

母はいう。小さく圧縮した脳みそか、昆虫を連想させる見た目は食欲をそそらない。ぐにゅぐにゅ、で、ぶにゅぶにゅの食感は、誰かが途中まで食べたプチトマトの残骸を口に放り込まれたみたいな不快感を生む。

鏡子《きようこ》はいう。噛むとわずかな果汁が皮からもれ、ワインとは違う臭気が鼻に抜ける。甘酸っぱい味覚は舌に溶け拡がり、鳥肌になって首へと伝わる。しかしなぜか口内では歓迎するようにジュワッと唾液があふれ出る。

祐子《ゆうこ》はいう。どれだけ遠ざけても、気づくとそばにいる。菓子やパンなど、素知らぬ様子であらゆる場面に顔を出す。甘いチョコに化ける癖もある。気づくのはいつも口の中で、仕方がないからもう噛まない。丸呑みにしても、そこにいた痕跡や余韻はしっかり残して去っていく――。

こんなふうに父が嫌いだ。

庭の水仙が咲いた寒い冬の日、父はお玉杓子でひょいと掬《すく》いとられるように、母の手によって箕島《みしま》家からとり除かれた。

――純子《じゅんこ》ちゃんもあるやろ、お父さんに有罪だしたこと。

と母はいった。

純子が父に有罪を提出したのは、庭の水仙が咲く前だった。書き初め用の半切《はんせつ》に『ゆうざい』と書いた。純子にとって漢字は難しい。できあがったのはひらがなのゆうざいだった。

テレビ中継で裁判所から判決等即《ハ》報用手《タ》持幡をもって駆け寄る人物を真似て、「ユウザイ、ユウザイ」と大声で唱えながら、ドタバタと家中を走り回った。ステテコ姿で縁側に寝そべり一服中だった父に「――ユウザイ」と駄目を押すようにいって献上した。

父は二分間くらいかけて起き上がりあぐらをかくと、煙草を口の端に咥えた。老眼鏡を額に載せ、眩しいものでも見るように顔を顰《しか》めて『ゆうざい』と対峙した。そのとき父は無言で用紙を手放したが、翌日純子の『ゆうざい』は品のいい額縁に収められて家の壁に飾られていた。

純子の口のなかにはまだレーズンが残っている。

昨日の夜から噛んでいるやつだ。あるいはもっと前かもしれない。飲みこむのが惜しくてずっと、頬と歯茎のあいだに仕舞っておいた。それももう、いい加減に溶けそうだ。

ひやりと冷たい縁側からサンダルをつっかけ庭へおりた。秋に咲いた花と、ひらきはじめたばかりの冬の花を踏まないように歩き、池を目指す。手には自分の名前を冠したボトルシップが握りしめられている。帆船を手品のように、瓶のなかへ入れたのは父だった。

硝子《がらす》は正直だ、と父はいう。濡れる、曇る、割れる、尖る、刺さり誰かを傷つけ、覆い誰かを守る。

えっちらおっちら、揺られながらマイペースにすすむ帆船が水流に抗うことはない。瓶を囲う水の流れは強力で、ただ自らが指し示す方向へ流れることだけを許してくれる。

純子は池の前で膝を折り、しゃがみ込んだ。水鏡に映る自分の顔は波打つ水面にあわせて幼い少女のようにも、年を重ねた大人のようにも見える。ニーッと笑った顔は泣き顔に、ウーッと泣いた顔は笑顔になって現れる。ふぞろいに切られた前髪が揺れていた。

純子はボトルシップを掴む手を水面に差し出した。

手から帆船が離れる。その一瞬にはいつも、大きな希望を抱くことができる。

＊

「うんち」といったら、相手は怒った。そのあと、
こいつの家、ビーカーでお茶飲むんだろ、といわれた。

家の近くにある幼稚園のバス乗り場からの帰り道、純子は地元の中学校に通う数人の少年に遭遇した。背後でけたたましいベルの音が響いたと思ったときにはすでに、前方にも左右後方にも少年たちがいて、純子は完全にとり囲まれていた。彼らはみんな同じような自転車に乗っていた。サドルが低く、ハンドルは上を向き、色とりどりの反射板をたくさんつけた改造自転車だ。

「おーい、あんた、何してんの」

胸にバッドボーイと書かれたトレーナーを着た少年が訊ねた。

「こんにちは」あいさつすると、少年たちは腹を抱えて笑った。片脚を地面につけて自転車にまたがっていた何人かはバランスを崩して転びそうになっている。何してんのかって訊いたんだよ。

「ふねで帰ってる」答えるとまた笑い声があがった。

ときたま遭遇する彼らは、純子が何をいっても笑ってくれる。いいなー。かっこいいー。おれもほしいー。つられて笑うと、みんなは一斉に見えない純子の船をほめはじめた。

——で、何であんたは船なんかで家に帰るわけ？　いつのまにかバッドボーイの顔から笑顔が消えていた。

それはこの前、船長があたらしい船をくれたからだ。

しかしそもそものきっかけは、鼻毛のとなりに白いおしりがいなかったことからはじまる。

幼稚園のバス乗り場から家までの往復は、きまって父が送迎を担っていた。鼻毛とは、いちど父に轢《ひ》かれたことがある飛び出し坊やのハナくんで、白いおしりとは、年季の入った父の軽トラだ。

去年の夏から純子が毎日一本ずつ鼻毛を描き足しているうちに、飛び出し坊やは鼻毛そのものになってしまった。

　母に使いに出される父の軽トラは、いつも白いおしりを向けて停まっている。父は純子が助手席に乗り込んでシートベルトを締めたあとに、「乗ったか」という。「乗った」。そのやりとりがふたりのあいさつだった。行きしなに寄ったパチンコで勝った日には、笑ってる人の顔に見えるダッシュボードからお菓子をとり出して純子にくれる。食べ過ぎると晩ご飯を残してしまうので、母にはお菓子をもらうことを禁じられていた。

　鼻毛の横に立ちほうける純子に向かって、幼稚園の先生が「箕島さんのお父さんいないね」と大声でいうものだから、バスのなかがざわざわした。

「ひとりで帰りますー」と宣言した。

「ちょっと待って、こんなときは家まで連絡してって箕島さんのお母さんから先生いわれてるんだよねえ。番号も知ってるし」

　バスのステップをあがったりさがったりする先生は車内に首を突っ込んで「電話するので少し待ってください」と運転手にかけあった。「そのまま待っててね。あ、こっちに座って待っててもいいよ?」

　船で帰ることをきめた瞬間から、先生の声が遠のいていく。

箕島さん家《ち》の番号は……っと、つながるかな。ぷるるぷるるってコールしてる。ねえ、つながると思う？

頭のなかの船が鮮明になっていくほど、背後で慌てている先生の姿も声も、純子には届かなくなった。そんなことより船のかたちと色をきめるのに忙しい。

「水兵、リーベー、純子のふねは――」青と白に塗装された帆船にきめた。「錨を揚げよう」両肩に載せられた先生の手を払いのける。

「面舵《おもかじ》いっぱーい。全速前進っ」マストに張った帆が風をうけて船は出航する。めいっぱい伸ばした白いブラウスが膨らんだ。純子はひょいっと歩道から飛び降りる。鼻毛にばいばいをいってから、純子はてくてくと、気分はスイスイと、すすみはじめた。

「すー、すーぅ」口でいう。船長は純子だ。

地図もコンパスも必要なかった。庭に生える柿の木を目印にしてすすめば家までたどり着く。すー、すーぅ。帆船は寺の鐘楼を右手に見て、羊腸のような紫陽花小路《あじさいこうじ》を前進した。

「ちょっと、タンマ」白くてきれいな花が咲いていたので横道にそれて抜きとった。抜きとってから、そこは人の家の花壇かもしれないと気づいた。二本抜いたうちの片っぽを土にかえして、またすすむ。

「ウニある」こんどは立派な家の庭先に、秋に落ちた栗が転がっていた。これも持って帰りたいが、手が痛む。諦めようかと思った矢先、金網のフェンスにかけられた軍手が目にとまった。誰かの忘れ物だ。かります、とそこにいない持ち主にことわって、花と同じく片っぽだけを抜きとり手にはめた。栗を何個持って帰るか、真剣に考えている最中に純子は大事なことを思い出した。いまは船に乗っていたのだ。ひとつだけ左のてのひらに載せてまたスイスイと漕ぎ出した。

「うんち！」頭のなかがうんちのことでいっぱいになったのは、おばさんが連れていたコーギーが純子の方をふり返って笑いながら排泄をしたからだ。う・ん・ち。思わず声に出していた。純子が笑うとおばさんは険しい顔をして、コーギーの手綱をぐいと引いた。うんちってどうしてあんなにおもしろいのだろう。見た目も臭いもわるいのに、放っておけない。うんちは汚い。うんちは臭《くさ》い。でもうんちはすごい。うんちは肥料になる。口にするだけで笑顔になれる魔法の言葉だ。

けたたましいベルの音が鳴り響いたのはその直後だった。いつのまにかおばさんとコーギーはいなくなっていて、純子はたくさんの改造自転車に包囲されていた。おい、人の話、聞いてんか？　パン、パンと目の前で手が鳴った。それで、

「うんち」といったら、相手は怒った。殺すで、が追ってきた。

「こんにちは」

「さっき聞いたわ。おれらの質問に答えろ」

「何を」

バッドボーイは気を静めるように深く息を吸い、深く吐いた。

「何であんたは船で帰るんやって」

「何で――」それはこの前、船長があたらしい船をくれたからだ。

「もうええわ。ほんならそれは何なん？」何が？　と純子が訊く前に少年は、いまあんたが手に載せてるやつ、といった。

「ウニ」

バーカ、それは栗だよ、と誰かがいい、しーっ、いうな黙っとけその方がおもしろい、とほかの誰かがささやいた。

手も足も疲れてきたので、純子は早く彼らがどいてくれないかと思いはじめたが、固く閉ざされた自転車のバリケードにはどこにも隙間がなかった。その直後、あの言葉が聞こえてきた。

「こいつの家、ビーカーでお茶飲むんだろ」

「そうそう、硝子屋だから」

「違《ちげ》えよ、ビーカーじゃなくて三角フラスコ」

「どっちでもいいって。でも食器はぜんぶシャーレってほんとかよ」

「ほんとだって。お客さん来たらビーカーにお茶入れて出すんだぜ。おれの母ちゃんがいってたもん」

「うそだろー。信じられねえ」

ほんとだった。いや、シャーレを皿代わりに使ったことはない。でも父と純子がビーカーや三角フラスコに飲み物を入れることは事実だ。容量のメモリがあって便利だし、耐熱性もある。父が把手をつけているから飲みやすいのだが、目撃した母はいつも目くじらを立てて怒った。

実験動物みたいだな、と誰かがいったのを最後に円陣が解けて、純子はとたんにひとりぼっちになってしまった。

手がチクチクする、と思ったら栗が載っていた。せっかくウニごはん食べられると思ったのに、でもウニってどんな味なのだろう。とたんに広くなった道をとぼとぼ歩きながら、食べた覚えがないウニの味を想像している純子の頭は、もうすっかり船の存在を忘れていた。

家の板塀の手前に、二台の見慣れない車が停まっていた。

一台は黒く角張ったおしりで、もう一台は父の軽トラをすっぽりと収められそうなサイズのおしりだった。引き戸式の総門から黒い半纏《はんてん》姿の大人たちが何人も忙《せわ》しなく出入りしている。はじめ純子は大工さんかと思ったが、背中に染められた屋号に見覚えがあった。

「エンマやね、エンマのてさき」

昨年の冬、祖母が他界した際に現れた葬儀屋を、母は「親族が鬼籍に入るとやって来る人たち」と説明した。忙しく立ち回っていた母は難しい言葉で故意に純子との話を断とうとした。それでも食い下がると、閻魔様の使い、といったのだ。エンマという響きがかっこよくて、くるくるその場で回っているあいだに、母はどこかへ行ってしまった。

自分の家《うち》を平然と出入りする男たちを見ていると、純子の家が純子の家でなくなっていくような気がした。だから呼び鈴を鳴らしてから総門の笠木をくぐった。開け放たれた玄関の沓《くつ》脱ぎには、踵のつぶれた革靴が三組、中央に並んでいた。隅には母の靴、それから純子が大きいお姉ちゃん、小さいお姉ちゃんと呼ぶ姉妹の靴が縦に並び、父のものだけがなかった。

エンマのてさきをひとり、ふたり、とやりすごした次の角で三人めと鉢合わせた。見つかった純子も、相手の男も「げっ」といってびっくりした。「びっくりしたびっくりした」といいながらドタバタ走り回るうち、こんどは名栗《なぐり》柱の前で黒い壁にぶつかった。

一越縮緬《ひとこしちりめん》の五つ紋に黒帯を締め、紫黒《しこく》のバレッタで髪をまとめた母は純子の知らない人に見えた。割烹着でも色留袖でもないその人は、純子にも着替えるように命じた。簞笥の奥から出してきた黒い服を喪服と呼ぶ。

「藻？」純子のあたまではうまく変換ができない。

「喪服」

「——モ」モ、と呼ぶことにした。純子はいつもと勝手が違う「モ」のボタンをゆっくりとめはじめたが、結局半分までとめたところで、掛け違いになっていることに気づいた母があとを引き継いだ。医者の聴診みたいに「はい後ろ、はい前」とくるくる回らされた。一周して正面にもどってきたとき、ひらめいた。

「わかった！　てさきにする気なのね！」

同じ目線にいた母は、純子の大声に顔を歪ませながらのけぞった。「何で急に大声出すのん」

「エンマと一緒の黒い服、純子にもして仲間にしようとしてる」

耳鳴りがおさまるのを待ってから、母はそうや、といった。いまから集会があるからおいで、と手を引く。

「こわい？」

「怖くない」

「それなに？」

「ばあばの年忌法要」

よけいわからなくなった。ネンキホウヨウ、という言葉の響きはおどろおどろしい。

「背、測ってからいく」

急《せ》く母に逆らって、純子は名栗柱に背中を沿わせた。あごを引きかかとをそろえて、自分の頭に母の手がおりてくるのを待った。

名栗柱には家族の身長が刻まれている。父と母のメモリはひとつずつしかなく、姉妹のメモリは下の方から競い合うように何本も刻まれている。とりわけ純子のメモリがいちばん多い。日に三回測定することだってある。牛乳を飲んだあとは必ず名栗柱に寄り添った。

高いところからおりてきた母のげんこつは最後にひらかれ、少し竦《すく》んだ純子の頭にぽんと載った。

「ざんねん、純子ちゃん。一センチ縮んでる」

「牛乳のまないと」

年忌法要のあとにね、と諭《さと》されて母と仏間へ移った。仏間にはすでに鏡子と祐子が待っていた。ふたりも「モ」を着ている。

職場の百貨店へ出かけていくときより薄化粧の鏡子も、学生服のときと違ってスカート丈が長い祐子も、知らない人のように見えた。

仏壇の前に座る坊さんに気づいたのは、母が「お願いします」と耳打ちするように近寄ったときだ。やけに分厚い座布団に座って、純子には背を向けていた。坊さんは木魚を叩きながら低くよく通る声でお経をあげはじめた。ぽん、ぽん、ぽん、ぽん。

「純子もあれやりたい」

大きな声で懇願した。し、ず、か、に、な、さ、い。声には出さずに母の口が動く。ぽん、ぽん、ぽん、カッ。坊さんは手許を見ないで木魚をたたいていたから、ときどき芯を外した音が混じった。

お経の途中だったが、つまらないから部屋を出ることにした。ところが五分の正座で痺れていた純子の足は、立ち上がった瞬間千鳥足になってよろめいた。そのまま倒れてぶつかった拍子に襖が破れた。お母さん破れたっ、と坊さんに負けない声で報告したけれど、母は何かに堪えるように目を閉じたまま動かなかった。鏡子と祐子も同じ姿勢のまま目を閉じていて、坊さんは電池で動いているおもちゃみたいに同じ動きを繰り返した。

「びっくりしたー」といって縁側に出ると、さっき鉢合わせた男とまたぶつかりそうになった。

「あと二十年、息がつづくとして――」

坊さんがお経をあげて帰っていったあと、来宅していた葬祭カウンセラーに母は目算した父の寿命を伝えた。父は今春、還暦を迎えたばかりだ。昨年、父が市立病院で受診した健康診断の結果は、すこぶる良好だった。

「よろしいことで」葬祭カウンセラーの男は恵比寿顔で余白の長い終活を称賛したが、母は「よろしくはありません」ときっぱり否定した。

静かにするという約束のもと、純子は張り替えたばかりの藺草《いぐさ》が匂う座敷に入ることを許された。でもエンマのてさきに茶くらい出した方がいいだろうと考え、真剣な話がはじまってから「ちょっと、しつれい」といって席を立った。純子がいなくても話し合いが途切れる気配はなかった。

台所でヤカンを火にかけた。急須に移すときに少しこぼれた茶葉は拾って茶筒にもどした。

食器棚にはふつうのお皿やコップに交じって、ビーカーとフラスコが並んでいる。父の名前と純子の名前が油性ペンで書かれてある。数は充分余っているが母と鏡子と祐子のものはない。ビーカーに手を伸ばしたとき、はて何人ぶん淹れればよいのかがわからなくなり、純子は再び仏間の襖を少し開けてなかを覗き見た。

こちらは高すぎます、こちらは派手すぎます、こちらは――と、母はてきぱき父の送り方をきめていた。おおよその費用設定、斎場選び、会葬礼状のデザイン、返礼品。まっさらなスケッチブックに一枚の風景を速写していくような、あるいは長年自分のなかで完成されていた設計図を描き写すように、畳の上で躍動した。

時折、母は鏡子や祐子の意見を訊いた。いつも母が真っ先に訊ねるのは純子ではない。腹蔵のない心うちでふたりが会葬礼状の紙質を選ぶ様子を、純子は障子の隙間からぼうっと眺めていた。

「――純子ちゃんは？　どれがいい」

急に訊ねられたから、びっくりした。いや、それよりもこっそりと盗み見ていたことに気づかれていた事実におどろいた。どれがいいかといわれても、純子にはまだうまく状況がのみこめない。変なの、といっても、母は笑顔をとめたまま、純子の答えを待っている。

仕方なく、適当にマットコート紙のサテン金藤《きんふじ》を指すと、母はいちど空気を吸うように首を引き「へえ」と感嘆したあと、「高《たこ》うつくもんやねえ」とこぶしを利かせるように唸った。直後、「これは高すぎるからもっと安いのにしたら？」とおもちゃ屋でいうような台詞を口にした。

結局、盆に五人ぶんの茶を載せた純子が仏間にもどってきたのは、母が「ひとまずこれでお願いします」と男にいい、打ち合わせがひと段落ついたあとだった。

なんども部屋を出入りしている純子にはもう誰も目を向けなくなっていた。世間話をする四人の横から「あちちちち」といいながらテーブルに茶の入ったビーカーと三角フラスコを置いた。

誰も手をつけなかった。お茶です、と小さくいった純子の言葉は流された。反対に、見る間に赤らんでいく母の耳たぶには気づかなかった。

「やっぱりこれがいい」

話が終わり、純子以外の四人が立ち上がろうとしたときに心変わりした。テーブルの端に残っていたパンフレットを指したつもりが、純子の手はまったく口をつけられていないまま放置されたビーカーを倒した。満タンの茶がパンフレットを汚した。

「純子ちゃん」

「あはは、これはサンプルなので大丈夫ですよ」

茶はしかし大丈夫とつくろう男の黒い服にもハネていた。

はいはい、と母の手箒《てぼうき》に掃かれて座敷を脱した。それは母の得意技だった。祖母の病室から純子を追い出すときからつかわれるようになった。純子ちゃんがあんまり大きい声出したらばあば疲れるから、はいはい。

だが疲れた顔を見せるのは祖母ではなく母の方だった。枕の上でやるバランスゲームをしたら、はいはい。同室の区切られたカーテンをこっそり開け、そこにいた患者《ひと》にこんにちはといったら、はいはい。

「お母さんいつも『はい』は一回っていうのに」

だけどある日、病室に入ったばかりの純子に母は、はいはい、といった。まだ何もしていないのにもう祖母は疲れているのだろうか。いくつものケーブルがつながった小さな機器のモニターには祖母の命を表す線が映し出されていて、この前までそいつはうねうねとダンスをたのしんでいた。

「何かの虫みたいやったね、あれ。ミミズとか？」

病室で母が最後にはいはいをした日、真っ暗なモニターにはどこまでいってもまっすぐな線が地平線のようにつづいていた。

「ぴぴぴっていってたのよ」

後日、エンマのてさきが純子の家に来た。

「お父さんとお母さんの仲もぴぴぴっ、やろう？」

同意を得ようとふり返ると、縁側には誰もいなかった。てっきりみんなでそろって部屋を出たものだと思い込んでいたのに。純子が急いで座敷にもどると、みんなは部屋を出て行った。男を玄関まで見送る母はなんども頭をさげていた。

二百ミリリットルのビーカーがふたつ。

三百ミリリットルの三角フラスコがふたつ。

ぽつんとテーブルに残された茶を純子はすべて飲み干した。


カレンダーの数字は黒いのに、今日は祝日だと母はいった。

「モ」から割烹着に着替えた母はその夜、気合いを入れて台所に立った。鏡子と祐子から休むように促されたのを拒み、垂れた前髪をまとめ直して頬をはたくと菜切り包丁を握った。

強い雨が降っているみたいにトントントントントン、リズミカルにまな板が鳴った。鏡子と祐子は母の両脇に立って手伝いをした。手伝いを却下された純子の仕事は、コミック誌の付録のシールを貼ったトールビーカーにたっぷりの牛乳を注ぐことだけだった。母と鏡子と祐子は口をそろえて変だというけれど、お米を食べるときも牛乳は欠かせない。数時間後にはいい匂いがリビングに漂った。美山《みやま》地鶏の水炊き、北山《きたやま》のおぼろ豆腐、宮津《みやづ》の魚はお刺身に、西京味噌で漬けた豚ロース、京野菜の煮物、天ぷら、京生麩。正月を先どりしたような母特製のおばんざいが陶器の鉢や皿に盛られてテーブルにところ狭しと並んだ。

ビーカーやシャーレはどこにも見当たらない。

純子がレーズンの次に好きなホワイトシチューも見当たらなかった。お母さんシチューがないのね。ごちそうを前にため息をつくと、母は純子のそれを吹き飛ばすくらい大きなため息をついた。

生まれてはじめてシチューを食べたときの衝撃はいまでもよく覚えている。牛乳が入っているお得感を差し引いても、「カレーの白い版」はおいしかった。独り占めしたくて大きな鍋ごと押し入れに忍び入った。暗闇のなか、お玉で食べた。母に見つかったとき、買ってもらったばかりの洋服はすでに台無しになっていた。はじめ母は、純子が嘔吐をしたと思ったらしい。でも隣にあった鍋を認めて「なんや、よかった。いや、ようない」といった。それ以来、母はシチューをつくるのをやめてしまった。

「シチューないけど、いただきます」

腹八分めをしらない四人は会話も忘れてたらふく食べた。純子はお刺身を食べて牛乳を飲み、煮物を食べては牛乳を飲んだ。みんな牛乳味やろうにそれほんまにおいしいの？　と鏡子が訊いた。

「クリスマスと正月が一緒にきたみたい。おいしい」

違《ちゃ》うよ、と母がわって入った。

「違うよ、これは精進落としの会食」

意味は鏡子が嚙んで含めるように教えてくれた。意味がわかると、真顔で訂正する母の割烹着がとたんに黒く染まっていく。

母がデザートにと薄く切り分けた栗蒸し羊羹《ようかん》は、誰も食べなかった。美術品やないねんから、と母が勧めても効果はない。いっぱいの腹をなだめる鏡子たちと違って、純子はデザート用の別腹を残していたけれど、それは大好物のためにとっておいたものだ。

「お母さん、レーズンとって」

お菓子のかごは、天井付近の収納棚にしまってある。純子にはとうてい届かない。椅子の上に立つのは怖いので、母に頼むしかなかった。

今日は祝日やから特別だといって、母は背伸びをして高い棚へ手をかけた。

お母さん、それで背測ったら新記録になりそう。純子の声に途中で動きをとめた母のかかとと床のあいだで、スリッパがぱたぱたぱたたと高速で往復した。

「お母さん、いまの手品どうやったのよー」

「純子ちゃん、レーズン食べたいんか、お話しするのかどっち?」

レーズン、というと母は無言で背を伸ばし、高い棚を開けた。

戻ってきた母の手から大好物であるレーズンバターサンドを両手で大事に受けとった。「これこれ。おいしそう。お母さん、おいしそうやろう?」

「ほな、お母さんにもひと口ちょうだい」

「えー。お母さんのひと口、大きいのよ」

「ほな、お母さんの洗いもん、手伝って」

えー、といいながら包装を解く。早くかぶりつきたいと思うほど、手がうまく動かない。まだるっこしい。隣では純子ちゃんと母が呼ぶ。だが身体の内側でおおげさな音を立てる心臓が母の声を遠くに押しやってしまう。やっとこさ包みを剝いて、ひと口で頰張った。

「おはーさん、なひー？」いっぱい入った口で遅れて応答すると、一回しかいわん、とはねつけられた。

「ちょっとタンマ、よし、いいのよー」レーズンを飲み込んで、耳の穴をほじくり、純子は聞く体勢をつくった。

「もういいました」

「いってない」

「もうさっき、いいました」

かまわず母はテーブルの端にやっていた鍋を目の前に引き寄せ、明日純子が食べるぶんをとり分ける前に灰汁《あく》とりをはじめた。いつー？　そばまでいって訊ねても答えてくれない。仕方なく母のうなじの後ろから灰汁とりの様子を眺めた。

「うまいのねえ」

灰汁代官の母は、灰汁とりは料理の基本だとよく口にした。いまでも野菜や山菜を入れた大鍋に木灰や重曹を加えて茹でるひと手間を惜しまない。苦味や雑味のもとになる灰汁をとり除くことで、料理の味は澄む。とり除くべき上澄みをまとめて、母は灰汁と呼んだ。

「あ、いまうまいのねえっていったのはお母さんのこと。レーズンじゃないのよ」

母はきっと金魚すくいの名人になれると純子は思う。もともと柔らかい手首のスナップを利かせて滑らかに掬う。純子がやるとお玉には汁や具材がたくさん入る。もう充分掬ったはずなのに、灰汁はまたどこからともなく湧き出てきて水面に現れた。「きりがないのね」と純子がいうと、「お父さんの反省と一緒」と母はいった。

「こういうの、なんていうか知ってる?」

慣れた手つきで灰汁を掬いとる母に、「何?」と純子は訊き返した。と同時に二個めのレーズンバターサンドの包装を解きにかかる。

「飽くなき戦い」

また封がなかなか切れなかった。

「なあ純子ちゃん」

たまにうまく切れない不良品に出会う。これに当たると、とてもめんどうだ。堪えきれなくなった純子の口が包みにかじりつく。

「お母さんいまおもしろいダジャレいうたんやで」

「うん」純子の意識は手許に集中している。「あ、切れたっ」

「お母さんも切れるよ」

「何を」

一回しかいわん。この日二回めの台詞もレーズンの味で薄まった。

灰汁を掬い終えた母はお玉を持ったまま、すり足で縁側へと出た。これがお父さんやとするやろといい、いたずらっぽい笑みでいちど純子を見てから「えいやっ」とスナップを利かせて、母はひと匙の灰汁を庭へ撒いた。

「バイバイ、お父さん、さようならなのよ」

＊

庭で捕まえたはずの蝶が手のなかから消えていた。

花の上で羽を休めていた紋黄蝶を純子はたしかに捕らえたはずだった。母に見せたくて台所まで走ってもどり、お母さん見てと握りしめたグーの手をパーに開いたら、てのひらにわずかな鱗粉を残して蝶はいなくなっていた。

「うそじゃないのよ。ほら、見て、ここ、黄色い粉」

てのひらをかざすと、誰もうそついたなんていうてへんといいながら、母は水道の水をとめて純子の手に顔を寄せた。

「泥遊びした？」

母はまったく話をそらした。痕跡がある、といって。

「コンセキ？」

跡《あと》、と母はいい換えた。爪のあいだに泥がつまっていた。でも粉もある。粉、粉、粉、と騒ぐと、きっと純子ちゃんが強く握りすぎたから、苦しくて逃げてしもたんやわ。母は水道の蛇口をひねり、洗い物を再開する。何でも匙加減が大切やの。

コンセキといえば——。今朝、純子の布団には琵琶湖のような模様ができていた。母が何かいう前に「お母さんが撒いた灰汁かもしれんのよ」と主張した。

だがそれはたしかに純子の痕跡だった。

蝶は鱗粉を残す。鳩はフンをするし、庭にくるリスは木の実をこぼしていく。たまに山からおりてくるイノシシや鹿は足跡をつけていく。リビングにいい匂いが漂えば母が料理をつくったサインで、キツい香水なら鏡子、汗と柔軟剤の混ざった匂いなら祐子が部活から帰ってきた証だ。

父はどんな痕跡を残しているだろう。

父、ち・ち、CHI・CHI。

ちょっと尖らせた唇の内側で、舌の先が歯の裏にそっと触れる。純子の舌は三歩後《あと》退《ずさ》ることなく、もういちど同じ動きを繰り返す。

娘の純子と鏡子と祐子にとっては父、あるいはただの父親。母の涼子《りようこ》には夫、もしくは伴侶。戸籍上の氏名は箕島義春《よしはる》。昔の渾名《あだな》は由紀夫《ゆきお》。しかし家族にとってはいつも、悪者《わるもん》だった。

昔、ドラえもんの絵描き歌に飽きた純子は、父のものをつくってほしいと母に頼んだことがあった。

中肉中背で、あたまが薄い。家電製品の説明書でも読むように、抑揚なく母は歌った。

縕袍《どてら》を着せたひよこに似ている。老眼鏡がないと家中の角にぶつかる。物を倒しても拾わない。体臭がきついが、風呂は長い。つむじからつま先まで固形石鹼で洗う。女性よりも肌がきれい。

周りの人をびくんとさせるくらい、くしゃみが大きい。洟《はな》をよくかむ。腹の底から痰を吐く。寝起きにおおあくびをかます。

世事に興味はないが新聞は読む。紙をめくるとき指を舐める。

分度器に見える日がある。対人の距離感を測ることに無頓着であるけれど、斜め上から天啓を降らせることがある。半分は頑固な直線で、半分は丸みを帯びた曲線ででているから読みづらい。

自分のペースを貫き通す。一人でずんずん先を歩く。みんなを置き去りにする。ふり返ると誰もいない。極力、言葉を発さない。コミュニケーションを手放し、手先の器用さを手に入れた。

家族は何でも「知っているんや」と思っている。

家族の気持ちより、工具の状態の方がよくわかる。庭の花や土を触る手はやさしい。雨が降るな、といい当てる。第六感の持ち主。腹の虫を信用している。

硝子については誰よりも詳しい。日中は硝子屋の主人をやっている。

ほらあっという間にお父さん、と母は歌い終えた。

難しすぎて何も描けなかった。でも最後のフレーズが気に入った。


「ほらあっという間にお父さんー。ほらあっという間にお父さんー」

粉と泥のついた両手をふり回しながらスキップした。

「純子ちゃん、洗いもん手伝ってくれるん？」

「ほらあっという間にお父さんー。ほら」

「聞いていますか」

父の痕跡を探さなければいけない。

「シャーロック・ホームズする」

この前、探偵があたらしい虫眼鏡をくれた。

純子は簞笥から母のコートを引っ張りだして袖を通した。「ほらあっという間に」

新聞紙を丸めてつくったパイプをくわえると、さっそく父の痕跡をたどることにした。

「ほら」

探偵の足は自然と父の仕事場へ向いた。

『箕島硝子』

母屋と同じ敷地内にある工場《こうば》の入り口には、木製の看板が掲げられている。オイルや金属が発する独特の臭気とともに、父が動物園の堀で寝て過ごすクマではなく、硝子屋の主人であることを示す大事な看板だった。

昔、母は硝子《がらす》を硝子《しょうこ》と読んで家族の笑いを誘った。

耳聡く聞きつけた鏡子と祐子は「箕島家には四人目の娘がいる」と騒いだ。純子もつられて「むすめ、むすめ」と騒いだ。娘じゃない、お嫁さん。お父さんは硝子と結婚したんやから、と母はいった。

硝子ちゃんの素性を知りたいと純子が求めると、母は生い立ちを語ってくれた。

創業《うまれ》は昭和二年、いまとは全く違う社名だった。大学や病院、官公庁などの研究機関で使用される理化学備品を製作するメーカーで、日本の高度経済成長期における研究分野の発展を支えた。関西から生まれた大手の硝子メーカーが時機に投じて続々と東京へ進出し営業基盤を固めていくなか、箕島硝子の前身は経営陣の内紛により業界内でも落伍の憂き目に遭う。経営は先細り、従業員の多くは辞め、なり手がいない職人の多くは後継者に技を伝承する前に引退した。二代目が暖簾《のれん》を下ろす決心をしたとき、会社に残っていたのは父だけだった。

父は自宅の納屋を改装して、そこに小さな工場を設けた。硝子品をつくるのに必要な設備とわずかな取引先を二代目から譲渡してもらい、看板に『箕島硝子』と彫って門戸へ掲げた。

母の説明はいつも難しい。血色が変わるくらい純子が下唇を噛むと、母は「お父さんは硝子がすきやの」といい直した。

そんな工場はへんなところだ。辺り一帯の「へん」を集めてきたみたいに「へん」でできている。

母はきれいな厠《かわや》だといい、鏡子は準ゴミ屋敷、祐子は控えめに見積もって豚小屋だという。

純子にとっては秘密基地だった。

あちこちに点在するシェルフやカートはたくさんの薬品や器具や硝子の生地であふれている。特級のメチルシクロヘキサン、一級キシレン、一級ヘプタン、一級ピロガロール、炭酸カリウム、ソーダ石灰、クエン酸、カンフル、重曹。電気工具、はんだごて、ガスバーナー、広口・細口の試薬瓶、転がる止栓、硝子管に細工管、何世代も前の日本製テレビ、その上にポータブルラジオ、I型スタンドにボールジョイントとステンレスパイプで井桁状に組まれた父特製のラック。吊り下げられたコカ・コーラのカレンダー、そして三ミリと五ミリの器具内配線用のカラフルな電線が虹模様を描いている。内壁に沿って大型の機械が並び、足許には無数のコンテナとビールケース、それにいったい何千個あるのかわからないビスやネジが転がっている。キャニスター代わりに利用する標本瓶にはコーヒー豆が詰められていて、硫酸カルシウムの瓶が隣り合わせる。訪れる取引先の人間は異様な雰囲気に圧倒され、あちこちに視線をやるわりにあちこちに身体をぶつける。

——いま何か壊してしまったかもしれないのですが。

こっそり忍び込んだ純子がコンテナに身を潜めていると、よくそんな声が聞こえてきた。

これまで父はそれらの無秩序をすべて従えるようにして、部屋の中央に君臨していた。メキシコの理髪店から漂流してきたオレンジ色のバーバー椅子がお気に入りだった。

今朝、父が拐いとられてからはじめて、純子は工場に忍び込んだ。「おーい」と呼んでみても返事はない。空席のバーバー椅子には、うっすらと埃がたまっていた。純子が腰かけると、いつもと違う重みを感じた椅子が抗議するようにぎいと軋《きし》んだ。土日も盆も元日も、いままでずっと洗濯されずに吊り下げられていたフリースまでもがなくなっている。

純子がおしりを収めていたコンテナは残っていた。

忍び込むようになったのは追い出されたからだ。

――指なくなるで。それが母の脅し文句だった。たしかに工場にはとり扱いを誤れば危険な工具類が無防備な状態で置いてあった。だが出入りを禁じられなければそのうち飽きていたかもしれない。

「純子も手伝う」珍しく父と母が同じ部屋にいるとき、どちらに声をかけるでもなくいってみた。

――いらん。

低く、据わりのある声だった。母がつくった鰺《あじ》のなめろうをつまみながら野球中継を観ていた父は、テレビ画面から目を離そうともせずたったひと言、けれど有無をいわせない圧力を込めていい放った。

――いまのは失投でしたねえ。

逆転ホームランを許したホームチームの投手を責める解説者の言葉が、純子の胸にチクリと刺さった。チッと父が舌を鳴らした。解説者の言葉は、スリーボールから安易にど真ん中のストレートを選んだ投手に対してだった。でも純子の作戦も甘かった。二層のチョコレート菓子みたいに、工場へ入って遊びたい気持ちを手伝いという口実でコーティングした一球は見事に父に打ち返された。

手伝いはいらんといった父だが、コンテナに入っている純子を見つけても追い出すことはしなかった。

工場は母に隠れてお菓子を食べるのにうってつけの場所だった。かくれんぼにも最適だったが、一向に椅子から動かない鬼役の父への「もぉーいぃーよぉー」がでかすぎて、お菓子もろとも母に見つかった。

怒られるのはいつも父だった。お菓子を食べ損ねてがっかりする純子のとなりで、父は母に監督不行き届きを責められた。

高校へあがったばかりの祐子が隠れて煙草を吸ったのも工場だった。吸い殻を見つけた父は「工場は禁煙だ」といった。縁側に寝そべり、片脚を上下する我流のストレッチに勤しみながら。自分の年齢を考えろとか、身体に有害だとか、およそ一般家庭の父親がいうような台詞は聞かれなかった。その代わり早朝の乾布摩擦に付き合わされたり、母屋の雪下ろしを手伝わされる祐子の姿を純子は目撃した。

おかしな指導法に母は呆れた。「だいたいあなたがぷっぷか吸うから祐子が真似するんやないですか」母の言葉がどれだけ鋭利になろうと、父は黙ったままだった。その代わり最後にでかい屁をこいた。母が投げた座布団は美しい放物線を描き父の後頭部に命中した。

――やるねえ。

父の賛辞は逆転ホームランを打った代打の神様へ贈られた言葉だった。

工場には大きな窯があった。千四百度の炎をともしている窯はデシケーターという厚物の硝子品をつくるための設備だと母は教えてくれた。横に設けられた挿入口から硝子管を入れて、パイプで溶かした硝子をぐるぐるに巻きとり外へ出す。地面を掘ってつくられた鋳型に落とし込んで、息を吹き込みながら成形していくのん。父の動きに合わせて母が解説してくれた。父が教えてくれたのは、パイプを咥えているとき誤って息を吸えば熱せられた空気が肺を焼くということ。煙草とは逆。

「せやから工場は禁煙なんじゃ」

父は祐子ではなく、純子に話した。

窯の炎はどんなものでも焼いてくれる。投げ入れたものを遍《あまね》く灰へと還してくれる。炎は音もなく溶かしてくれる。都合のいいごみ箱だった。

わたしが純子やったらもっと窯を有効活用するなー。

ある日、コンテナにすっぽりと収まっていると、煙草を吸いに来た祐子にいわれた。消したいものがあれば窯へ投げ入れればいい。あいつらに汚されたその服とか、逆にあいつらの服とか。コンテナからはみ出す純子のワンピースは裾の部分が汚れていた。この前、バッドボーイが蹴った泥だらけのサッカーボールが当たったのだ。残されたままの跡を見て、純子はそのことを思い出した。

窯に入れたらなくなるじゃん。お母さんにも怒られずに済む。祐子は吸い終えた煙草とテストの答案用紙を窯へ投げ入れた。

「ジュッ」純子の方を見ながらいって、祐子は工場から出て行った。

純子もなにか燃やそうかと思ったけれど、父のいない工場の窯はもう炎を灯していなかった。

そのあと工場を出て、縁側へ向かった。そこは父のお気に入りの場所だ。

箕島家には広い庭がある。庭園というには大げさだが、切妻造平入りの母屋をぐるりととり囲むように敷地があって、かわいい築山と泉池つきの庭を構えていた。木蓮、向日葵《ひまわり》、秋桜《コスモス》、椿《つばき》。年中、父が手入れを怠らないそのプチ庭園には、季節ごとに多様な花が咲く。

ごろんと寝転べば庇《ひさし》の向こうに空が拡がった。田舎の空気は澄んでいる。抜けるような青空にトンビが旋回し、夜空には星が煌《きら》めく。塗装の剝げた板塀のずっと遠くには、中庭の花ととけあうように青葉や紅葉、白銀に色づく小峰が連なった。

父はそこで、もう何もやる気の起こらなくなった人のように片肘をついて横になると、日がな一日惰性に身を任せる。山盛りの洗濯かごを持った母が跨ごうが、掃き掃除に巻き込まれそうになろうが、動じない。そのあいだにやることといえば、先端をトントンと叩き葉を詰めた煙草を「ぽぅ」と吸うか、雲の動きを目で追うか、梅干しの種を口のなかでころころ転がしたあと「ぷっ」と庭へ吐くくらい。

その縁側のなかでも雪見障子で仕切られた仏間の真ん前は、父の特等席だった。庭の花々をよく見渡すことができて、山から吹き下ろす風の通り道が草花の香りを運び、吐き出す梅干しの種が土へ届く距離だからだ。

濡縁には父の跡が残っている。純子の布団にできた染みと同じで、雨に濡れたようにうっすらと変色した縁板はそこに長いあいだ父が寝転んでいたことを物語っていた。

昨日、エンマのてさきがなんども踏んづけていた父の特等席はひやりと冷たい。いつもは温《ぬく》い縁板に純子は寝そべった。とくに変色が著しい箇所がふたつある。父が肘とかかとをつけていた部分で、純子も同じような体勢をとろうと試みるけれど、肘をつければかかとが届かず、かかとをつければ肘が届かなかった。身長が足りないのでどうしようもない距離を純子はもがくように往復した。だんだんおもしろくなってきて最後は泳ぐように縁側を端から端へ移動した。立ち上がったときには母のコートにシワがいき、少し黒く汚れていた。

「お父さん、どこいったんやか」

虫眼鏡を通して庭を見た。拡大されて見える庭のすべてが、父の手仕事による景色だった。

ふいに、虫眼鏡のなかの景色が揺れ動きはじめた。

どいてや、どいてや、といいながら洗濯かごをもった母が縁側を走ってくる。母は昔から、怠惰の温床になっている父の庭と縁側を快く思っていなかった。家族の洗濯物を干すまでには、毎回ハードルとなって行く手を阻む父を「あぁ、えら」、「えらい、えらい」というかけ声のもと飛び越えなければならない。庭に設けた物干し場は陽当たりはいいけれど、花粉や虫がつきやすい難点があった。

しかしいちばんの理由は、スプーンでくり貫いたような地形にあって、辺り一帯は緩やかながら箕島家をとり囲むように隆起している。父はくぼみに朝陽がたまる様子を好んだが、南東に位置する小高い丘が幼稚園児たちの散歩道になっているせいで、家のなかが丸見えになってしまう。いつしか丘は休憩場となり、園児たちは動物園の堀で眠るクマでも見るように、父に熱視線を注ぐようになった。

父が紫煙をくゆらせ、梅干しの種を吐き出すたび、「おぉー」とか「いま動いたっ」と騒がしい声があがった。しばらく動きを失おうものなら、檻の中の動物にそうするように、園児はパンパン手を叩いたり、「おーい、起きてー」と呼んでみたり、注意を引こうと躍起になる。

あるとき、パンのカスを庭に投げ入れるつわものがいた。秋桜に引っかかった食べカスを目の端で捉えていた父は園児たちが帰ってからひとりで拾い集めた。誰を叱るわけでもなく又寝をはじめる父に、母が青筋を立てるのはいつものことだった。

虫眼鏡は父と羽根突きをして遊ぶ純子の姿も映した。

これこれおぼこい市松人形《いちま》さん、お袂《たもと》で掃除するんやないの、と母に叱られながら、純子はおかっぱ頭の前髪と胡鬼板《こぎいた》を振り回しながら、父と羽根突きをした。庭に落ちている蒴果《さくか》に藪椿《やぶつばき》の花をつけてつくった特製の羽根を純子は庭から、父は縁側から打ち返す。手加減を知らない父に庭の隅々まで振り回され、気づけば身体中にひっつき虫を集めて号泣していた。これはいいな、と笑う父に見かねた母が色をなす。結局、泥だらけになったべべのお袂を母にたくってもらう。そのとなりで父はただ空を眺めている。

虫眼鏡が映す景色を見ながら、純子は歩きはじめた。

脱衣所の収納棚が散らかっていたら、それは父が髭剃りの替え刃を探した証。純子は順番に棚を開けていった。排水口に毛が溜まっていたり、風呂の水が少しとろとろしていたら、いちばん風呂に入った証だ。母のコートを引きずりながら浴室もくまなく調べる。

自家用車に乗った母がいう。またお父さん勝手につかってる。

箕島家は二台の車を所有している。セダンは母のもの。軽トラは父専用。座席の位置、背もたれとミラーの角度、煙草の臭いが父の痕跡を告げ口する。母の目を盗んでキーを拝借すると、土足でセダンに乗り込んだ。肘がハンドルの真ん中に当たってクラクションが鳴った。

玄関に見知らぬ靴があっても泥棒ではない。父が銭湯で誰かのものと履き違えて帰ってくることは日常茶飯事だった。はじめはどきっと肝を潰した母もいまは慣れた。女性用の靴を履いて帰ってくるときもある。返しに行くのは母の仕事だ。たまに番頭さんから電話が来た。「それ限定モノなんだってさ」、「とうとうキッズも履いて帰ったの？」

純子は家族以外の靴がないか、棚に仕舞ってあるものを全部出してたしかめた。

「お父さん、どこいったんやか。幽霊になった？」

急に電気が消えたら、幽霊ではなくて父の仕業だ。

母も純子も同じ目に遭っている。母が和室で裁縫をしているとき、純子がリビングで絵本を読んでいるとき、突然目の前が真っ暗になって視界が暗転する。鏡子は足の爪にマニキュアを塗っていたら、祐子はトイレで用を足していたら電気が消えた。「いるのよー」とか「わたしまだいますけれど」と抗議の声をあげても、再び電気がつくことはない。節約の意思はもっとない。ごめんのひと言が返ってくることはもっともっとない。

父には家族の姿が見えていない。

でも母と鏡子と祐子も父の姿が見えていない。ほんとうは見えているのだけれど、いないのと同じようにふるまう。

父には親切な口が足りない。三人には親切な目が足りない。

純子ははっきり見えているのに。

船長だって探偵だって見えている。

それに比べ母がよく見ているのは純子と純子のしたこと、だ。一生懸命、自由帳に描きためた絵はいちども見てくれたことがないのに、純子と純子のしたことには四六時中、目を凝らしている。

「純子ちゃん」

名前を呼ばれてふり返ると、拡大された母の顔が見えた。眉間《みけん》にシワが寄っている。

いつのまにか日は暮れていた。

「お風呂いって使わん道具ぎょうさん出して、お母さんの車開けて土足であがって、玄関でみんなの靴出しっ放しにしたの誰？」

シワシワで黒ずんだコートをそうろと脱いだ。

「お母さん、探偵なのよ、純子が」

探偵になったはずの純子は、母の推理で犯人にされてしまった。

「自供なさい」

「探偵なのよ」

数々の痕跡が純子を指しているらしい。そうやって母はまいど純子のしたことを暴いてしまう。レンズの向こうで揺れ動く母の顔はいつにもまして迫力があった。

「探偵なのよ」もういちどいうと、母はその場に座り込み洗濯物を畳みはじめた。

「自供なさい」長丁場になりそうな気配があったが、なんどめかの応酬で「お母さん、シミある」と純子が口にすると、母は素早く虫眼鏡をとりあげた。


父の庭で藪椿が咲いた頃、母はいくぶん上機嫌で、弾んでいた。

「何かいいことでもありましたかー」

純子は縁側でミカンの皮を剥きながら、ずっと笑ったまま洗濯物を干している母に訊ねた。んー？　と間延びした声で返事をしたあと、「いいお天気やねえと思って」と答えた。前なら天気がいいだけで、あんなにうれしそうに笑うことはなかった。

父が揃い出されてから、家にはいくつかの変化が訪れた。

母が洗濯機を廻す回数が日に二度からいちどに減ったこともそのひとつだった。箕島家には、父の衣類をほかの四人のものと混ぜずに洗うというホームルールがあった。

《ここに脱いで》

愛玩動物のトイレみたいに、父は脱衣場を指定されていた。

そこは隙間と称するほかない、家のなかの狭間だ。母はその薄暗い隙間に消臭効果がある竹籠を置いていた。

父の衣服を洗濯機まで運ぶのは純子の役目で、一回十円で母から請け負っていた。純子は古くなった白いレインコートを母に着させられ、マスクの上からウィンタースポーツ用のゴーグルを装着して隙間がないことを確認してもらうと、父の衣服を抱きかかえて洗濯機へ放り込む。

そのあとすかさず同じ格好をした母が風呂の残り水と大量の業務用洗剤を投げ入れる。無菌室に入る研究員のような出で立ちのふたりの向こうで、洗濯機は尋常でないほどの泡を立てながら、父の衣類を清めるのだった。

母と純子たちの衣類は水道水と家庭用洗剤、それに柔軟剤でふんわりいい匂いに仕上げられるのに対して、洗濯機から出てくる父のものはどこかぐったりしているように見えた。

縁側で飛び越えなければならない障害物はなくなり、桶で残り湯を掬って洗濯機へ移す往復の手間は省け、業務用洗剤の費用は浮いた。洗濯だけをとってみても、生活にいくつもの変化が訪れた。

庭の蠟梅《ろうばい》が咲いた頃、またひとついいことがあった。

母は父の好物を安く仕入れるために、わざわざ市外の遠いスーパーマーケットへ買い出しにでかけていた。主に鮮魚と酒のつまみがお値打ちだったからだが、その遠出も不要になり、近場で済ませられるようになった。

ガソリンスタンドのお兄さんが「まだ半分以上入ってますね」と笑顔でいってから、「あら、ほんま」と母は減っていないメーターに気づいた。浮いたガソリン代で純子は母とお寿司を食べにいった。

庭にフクジュソウが咲く頃には、母の鼻歌がより大きくなった気がする。父がいなくなったのだから当然、庭での見世物はなくなった。母はムシャクシャから解放され、園児たちはモヤモヤを募らせた。「またいいひん」、「どこいったの」、「死んだんちゃう」

園児たちは丘からすき放題いい放ったが、結果的には「もどってきてほしい」というのが彼らの出した結論だった。母は勝ち誇った笑みで四人ぶんの洗濯物を庭へ運び、やはり鼻歌をうたって跳ねるように歩きながら干すようになった。うれしいことに集中しすぎて、「お母さん」と純子が呼びかけても、なかなか反応しなくなった。「シミ」といってても返ってくるのは「ふふふ」だった。

スノードロップが咲く頃、母は腰痛の悩みから解放された。酔っ払った父の世話をする必要がなくなってから身体の調子が向上した。介護疲れに似ている、と母はよくいっていた。父はほぼ毎日酒を呷《あお》る。どこどこで旦那さんが寝ていますよ、といった電話がひんぱんに家にかかってきて、そのたび母が対応した。お巡りさんに両肩を抱きかかえられて帰ってくることも見慣れた光景だった。

あるときは酔っ払ったまま自転車に乗った父が、市議の豪邸に自転車ごと突っ込み、玄関扉の硝子を破壊した。自身も流血して大の字に倒れながら、硝子ならいくらでも家にある、弁償してやるからぐだぐだ騒ぐな、と介抱まで受けた市議の妻にいい放った。

母は、腰痛が治り、肩凝りが治り、心労が治まった。腰痛と肩凝りは純子にも理解できたが、心労についてはよくわからなかった。心は疲れるものらしい。「純子も疲れてみたい」と懇願した。「ほな純子ちゃん、今日からもうレーズンなしな」と母は提案した。レーズンが食べられない未来を想像したら、胸がどきどきして苦しくなった。息が荒くなる純子に「それが心労」と母は教えた。

クロッカスが咲いた頃、純子は庭の落ち葉を掃き集めた。魔法使いごっこに夢中にならず、箒を立てて正しく使った。庭の隅から掃いていき、ちりとりで集めてごみ袋へ詰めた。途中、星形の葉っぱや珍しい虫を見つけても、掃くことに集中してみせた。けれど純子がぜんぶやるから休んでおいてと約束をしたのに、洗い物を済ませた母は自分も箒とちりとりとごみ袋を持って庭へ出てきた。

落ち葉のない庭を見た母の口から「うそぉ」ともれた。

「純子ができないと思っているのよ、お母さんは」

「純子ちゃん」

「できるのよ」

「ほなお母さん、これからも期待しちゃってええかな？」

「何を」

その日の夜、純子は高い棚に仕舞ってあった母の日誌を偶然見つけた。祐子が美術の授業でつくった木彫りの鴨を椅子に置いて踏み台にした。だいたいが着付け教室に関するメモ書きだったけれど、今日の日付には、はなまるがつけられていた。

『純子ちゃんがうまくできた日』

空白には筆圧の濃い母の字でそう記されていた。

母はほんとうに何もないのに「ふふふ」とうっすら笑うようになった。天気がわるくても、クロスワードパズルが難問でも、人参を買い忘れても、うっすら「ふふふ」。

この頃は母の笑顔がたくさん咲いた。

*

純子の日常には手品があふれている。

空が雨を降らせるのは空の手品。何もなかったはずの水溜まりにアメンボが湧いてでるのも手品。お気に入りのワンピースにワッペンが縫われていたり、牛乳をたっぷり注いだビーカーがトイレに行った隙に食器棚へ仕舞われているのも手品だ。

だけど「お母さん、どういう手品？」と純子が訊くと、母はいやな顔をする。

手品はもともと、父の特技だった。

父はマジシャンみたいに硝子管を変幻自在に成形していく。

四角が三角になり、三角が丸型になり、丸型は螺旋になった。

純子には硝子品のほんとうの名前や用途はまったくわからなかったが、手品は見ていて飽きなかった。

父は硝子品に野球選手の名前をつけて呼んでいた。純子でもわかるようにそうしたのか、もとから呼んでいたのかはわからない。

「落合、四番」と父はいう。すると純子は落合を四番のビールケースにそっと入れる。王、三番。長嶋、四番。打順は納品先に割り当てられた背番号みたいなものだった。

「ベーブ・ルース、四番」父がいい、

「ベー・ブルース、四番」純子が復唱する。

父とほんとうのキャッチボールをした経験はなかったけれど、この野球ゲームはきっとそれよりも楽しいはずだと思えた。後日、父は純子が仕分けたビールケースを軽トラに積んで、取引先へ納品にでかける。


落合や長嶋をつくるのは父の仕事だったが、実は母も手品と工作の名人だったことに変わりない。

母がつくるのは〝父《うちのひと》〟だ。

着付け教室の生徒が箕島家へ来訪した際、母は道具を使わずにうちのひとをつくった。

「うちのひとが山本さんにあげてって」

父は式典を欠席しまくる来賓のようだった。姿は絶対に見せないけれど、「あげてって」の祝辞はしょっちゅう読まれる。

父がパチンコでとってきた家電製品は、うちのひとが〈優勝したゴルフコンペで献呈された賞品〉に化けた。

景品に興味がない父は、リビングテーブルに土産を放棄していく。母は包装紙でくるくると包みリボンをつけながら、これは誰がよろこぶかを考える。佐藤さん、ドライヤーほしいっていうてたなあ、というような独り言がよく台所から聞こえてきた。

母と一緒に玄関で出迎えると、生徒たちはいつも目線を下げて純子に微笑みかけた。

——お父さん、また優勝したんだって、すごいね。

——またまたお父さんにプレゼントもらっちゃった。

——かっこよくて、運動神経抜群で、気遣いができて。

——私も純子ちゃんのお父さんみたいな父がほしかったな。

そのあいだ母は純子の手をかたく握りしめていた。

ありがとうございます。それ以上のことはいわなくていい、と母は教えた。

母の手品と工作には種も仕掛けも存在した。

シルクハットから出したとたん元気よく羽ばたく鳩と違い、背中に隠したほんものは木彫りのように動かず、生気がない。つぶさに観察されるとばつがわるかった。

　ご主人にぜひ直接お礼をいわせてください。生徒たちはときたま母の背中を覗こうとした。今日は仕事で手が離せなくて。今日は出かけてるんよ。今日は——。母は言葉を尽くして窮地をしのいだ。しかし母が臨時の教室として使用している座敷までたどり着く道すがら、必ず縁側で寝そべる父が視界に入る。

　すかさず純子はいわれた通りに母の長羽織で雪見障子の小窓を覆い、父の前に目隠しをつくった。

「もぅーいぃーよっ」

　無事お客さんが帰るのを見届けると、純子は羽織を剝ぐ。

　ちゃららららら〜ん。おきまりのメロディを口ずさみながら勢いよく剝がすと、三回にいちどくらいの確率で、父を消してしまう手品を成功させた。そんなときは十中八九、父はパチンコ店か競艇場にワープしている。


　ソフトクリームのような雲がいまにも空からこぼれおちそうな日、純子はひとりで家を出た。

　最近コマーシャルでよく耳にするお気に入りの歌をうたいながら歩いているうちに、

周りの景色がよそよそしくなっていった。誰も純子のことを知らないと思えるほど、遠くまでやって来た気がした。

ふだん母にはひとりで門の外へ出ることを禁じられている。この日は母に見送られて家を出た。

水筒に入れてもらった牛乳は早々に底をついた。家を出てすぐの道ばたに横たわっていた枯れかけた花にぜんぶやったのだ。

外出する前、純子は庭で草をむしっていた。近頃、庭は雑草だらけだった。軍手をはめずにやっていたから、草の色と臭いが手にうつった。純子ちゃん除草してくれてるんも偉いね、と母はほめたけれど、純子にそんな意識はなく、ただ草を抜きまくっていただけだ。前に掃いたはずの落ち葉もいつの間にかたまっていた。

「お父さんに、もぅーいぃーよっていうの忘れてた！」

純子の手ェくっさー、というダジャレに飽きてきた頃、突然そんな気持ちが芽生えた。

ひとりで家を出る前、母と何か約束をした気がした。握らされた千円札は何に使うのだったか、花に牛乳をやる頃には忘れてしまった。

眩しく、うるさく、煙たい、あの場所を目指した。

父がワープした先は、きっとそこしかないと思った。

でも黙って歩いていると、目的を忘れてしまいそうになった。

「お父さんたまに家のなかでも工作するのよ」

だから純子は喋りながら目的地を目指すことにした。

「この前もそう、お父さん、何つくってるのよって純子が訊いても返事しーひん。畳の部屋で。膝ついて考えて、立ち上がって移動して、何がしたいん。でっかい紙に習字してるみたいやった。

がちゃん、どたん、ばたん。うるさー。

ちょっと前にお母さんが時間かけて掃除したばっかりの畳の部屋、いろんな物で散らかってた」

電柱のそばに咲いていた花を抜きとりながら歩いた。

「着物とか、帯とか、目覚まし時計も、ハンガー、アイロン、スプレーの缶、ブラシ、薬の箱、花瓶、色鉛筆、お酒の瓶、香水、スリッパ、小さい本、バケツ、メモ帳、神社のお札、掃除機、トイレの臭い消しの玉。

そこから何つくるんって、純子思ったけどね。

でも全然返事しーひんから。集めた材料の前で、黙って考えてるだけ」

外の世界は誘惑が多い。野良猫のおしりを追いかけているうちに純子は知らない人の家の敷地に入っていた。お嬢ちゃんどうしたん。姿は見えないのにコンクリートの塀の向こうから声がしたので、じりじりと後退した。

「純子は縁側から見てたからね。牛乳ぜんぶ飲んでしまったから、いっかいリビングもどってまた入れてきた。

お父さん一ミリも動いてなかった。びっくりしたー。

朝やった。でもいつのまにか純子の首の辺《へん》に太陽が当たって暑かった。焼けたね」

純子は元いた道にもどった。それから少しすすんだところのごみ置き場で、まだ使えそうなホッピングを見つけた。

「そのまま」

「いっかい」

「寝てさ」

「次うるさい音で」

「起きたんやった」

「お父さんまーた」

「すごい」

「勢いでさ」


「動くんよ」

身体の動きにあわせて声も跳ねた。このままこれに乗ってすすもうかと思ったけれど、すぐに疲れたので塀に立てかけた。

「テレビとかラジオが逆さま向いてたの知ってる？　箪笥はどこもひきだしが開いたままなのよ。あれお母さんいちばんいやがるやつ。泥棒入ったのかなって思うやつ」

手をふってくる選挙カーの人には三回も会った。

純子は十メートルの距離を行くのになんども立ち止まった。だから遠いと思い込んでいた目的地も、ほんとうはそんなに遠くないのかもしれない。それでも、すすめどすすめど、一向に目的地は見えてこなかった。

「でもまた固まったからね、純子はもういっかい牛乳入れにリビングもどって、ついでにチーズ食べてからもどってきた。

きっと新しい手品、考えようとしてたんやと思う。数珠《じゅず》と、招き猫と、ホース、マット、でっかい鋏、靴下が増えてた。

お父さん手品できたん、って純子訊いたからね」

純子はいつのまにか国道に出ていた。猛スピードで横を走り去っていく車に何台追い抜かれただろう。

「赤い車はやー。白、黒、青。うわ黄色、珍しい」

疲れたので自動販売機の前に座り込んだ。少し前から足の感覚がなかった。別に痛くもかゆくもない。だけど自分の足ではないみたいに感覚がない。足どっかいったみたい、とつぶやく純子に返事をする人はいない。通り過ぎる車と車のあいだに、自動販売機が低くうなっている耳障りな音だけが鼓膜にはりついたように離れなかった。

「お腹空いた。のど渇いた」

やることがなくなったから、目の前を走る車の数を数えた。純子はまだ二十までしか数えたことがないので、二十までいったらまた一にもどった。

「お父さん、諦めたからね。気にせんとき、って純子いったけど」

何回めの二十だったか、気づくと空が橙《だいだい》色に染まっていた。冬は日が落ちるのが早い。橙はすぐに紫に変わった。その頃になると車はみんな同じ色に見えた。ヘッドライトが灯った鉄の塊はとたんに生き物みたいに見えた。「手品や」

縁側から和室の父を観察していたあの日も、もう純子にはどうしようもできない状況だった。父は固まったまま動かず、話しかけても答えなかった。完全に日が沈んだ頃、聞き覚えのある足音が近づいてきた。

颯爽と現れた母は純子を過ぎ、父を過ぎ、ひきだしの胸ぐらを摑むように奥の方へ手を突っ込んだ。引き抜かれた母の手には父のパジャマが握られていて、叩きつけるように畳へ置いた。

——出したもの、全部片付けておいてください。

目にも留まらぬ早業ですべてを解決した母は、足早に和室をあとにした。

「お父さん、探し物してただけなん？　って純子訊いた」

パジャマを腕に抱く父はそれでも何もいわない。家のなかで手品ができるのは母だけだった。

ひと際眩しいヘッドライトが純子の目を細めさせた。ハザードランプを焚いた一台の車が目の前に停まり、車内から誰かが降りてくる。逆光で、純子には人影にしか見えなかったけれど、足音で正体がわかった。その人は「ああ、よかった」、「ほんまに、よかった」を繰り返した。どこかへ電話もかけていた。「いました、見つけました」

顔を見て、目と目があった瞬間、怒られると思った。

でもその人——母は、黙って純子を抱き締めた。また純子の跡をたどってきたらしい。いつもそうだ。いつも母は痕跡をたどって純子のしたことを暴いてしまう。やっぱり母は名探偵だ。

身体をあわせて、母の息が切れていることを知りながら、抱き締められるのはいつぶりだろうと思った。きっと目薬を舐めたとき以来だ。処方してくれた人が涙と同じ成分でできていて、純子は母の目薬をぺろりと舐めた。母が泣いた理由がわからなくなる、といった言葉が頭に残っていた。地響きがするくらい、母は叫んだ。お母さんが泣いた理由がわかると思ったのよ、といったら肺が押しつぶされるほど抱き締められた。あのときも、そしていまも、いつも正しく結われている母の髪の毛が乱れていて、純子の顔をこそばした。

「お父さんにもぅーいぃーよっていわんと」

「うるさい店にワープしたままお父さん」

「お母さん手品でお父さん消したのよ」

純子は鼻先にある母の鎖骨に向かってつよく訴えかけた。

「純子ちゃん、渡してあげたお金は？」

母にいわれて久しぶりにお金のことを思い出した。どこにもない、と思ったら、濡れた千円札が水筒に張りついていた。「あった」

このお金で純子が何を買ってくるべきだったか、母は訊ねた。「お父さんに」までいって「違う」と遮られた。

スーパーで芋を買ってきて、庭の落ち葉で焼き芋をつくろうときめたこと。鏡子と祐子のぶんも焼いてあげること。純子がひとりで行けるといったこと。純子に期待していたこと。母は順を追って説明した。

家に帰ると鏡子はもう寝ていた。縁側で待っていた祐子は「ニワトリ。三歩、歩いたら忘れる」といってから寝室へあがった。

純子はただ、種明かしをしてほしかっただけだ。

その思いを母に伝えると、何がわかったのか、さっぱりわからなかったけど、母は、わかった、といった。

＊

わかった、の意味がわかったのは一週間後のことだった。

縁側でヤクルトの底をかじって飲んでいた純子に、母は「種明かしをしようか」と持ちかけた。

「何の？」

種明かしといったって、母はまだ何も手品を披露していない。そんな状況で何を明かすのだろうと不思議に思って口を離した隙に、肌色の液体はぜんぶ服の上に零《こぼ》れてしまっていた。

「あとでにちゃにちゃになる」実際、手はもう粘《ねば》ついている。でも母は「早く」といって、純子を押し入れの前に呼び寄せた。

押し入れは、総じて厄介払いの場所である――とは母のいいぶんだった。

そこは他人の目に触れなければよいという理念のもと、乱暴で乱雑に詰め込まれ、無理やり封をされたモノでごった返している。

安易な気持ちで開けてはならない。これまでも母は純子たちに諭してきた。何で、と訊いた。臭いものに無理やり蓋をすれば、閉じ込められたモノは邪気を増して災いを呼ぶからだと母は答えた。

「どういう風の吹きさらしなのよ」

「それをいうなら、吹き回し」

訂正する母の声に背を向けて、純子はビニールの紐で縛られた古新聞の塊から適当な一枚を抜きだし兜を折った。

真正面に《ダブル不倫!》の見出しが躍った兜は被った瞬間母に剝がされ、代わりに自転車のヘルメットを載せられた。

ほないきますか、といった母はすでに喪服を着ているときの顔に変わっていた。純子の返事とともに長年の封印を解くと、血に飢えたゾンビたちのようにどわどわと雪崩《な》れ《だ》出てきた箕島家の遺物が次々と母に襲いかかった。

「安もんのくせに」高いところから降ってきた柳色のソファは新婚当時、父が買ったものだった。火葬場へ向かう車のなかでもこんな近くには並ばへん、と母は毒づいた。

「でも座ってたときもある？」純子が訊くと母は顔を顰めた。

それを思い出すのがいやで、目につかない場所に仕舞い込まれたソファを、庭へ運び出すことにした。

ふたりでソファの両脇に立った。母は「でっ」といい、純子は「せっ」だった。いっせーのー、

「でっ」

「せっ」

カクッとタイミングがずれて、ヘルメットが前へ傾《かし》いだ。純子は鼻頭の辺りまで視界を覆われて何も見えなくなった。でも両手は必死でソファを支えているから自由が利かない。母は笑いながら、純子ちゃんもうそのまま行こ、といった。右っ、右っ、次は左っ、もうちょっと右っ。危ない、窓あたるよ。母が舵をとる。

視界良好の母はひとり楽しそうだったけれど、純子は前が見えないし、お互いの身長が違うこともあってなんだか自分だけ重い気がするし、母が笑うせいでソファは揺れるし、少しの移動でくたくたに疲れた。濡れた服の滑り止めがなければ足の上に落っことしてしまうところだった。やっとこさ庭へ降りてソファを置き、ヘルメットを直した。

喪服のときとは違う、いつもの母がいた。

「いちど置いて、やり直せたのよ」

「お母さんかって、なんべんもそう、お父さんに思ったよ」

父の話などしていなかったのに急に出てきておどろいた。

そういえば、母はどうやってこのソファを押し入れのあんなに上へ仕舞うことができたのだろう。

「お父さんとふたりで持ち上げた？」

そのとき「でっ」と「せっ」はそろったのだろうか。

しかし母は「あほな」と一蹴した。もしかすると、ほんとうはひとりで持ち上げられるのかもしれない。

母は押し入れを地層だといいあらわした。

箕島家の歴史が層を成している場所だと。純子が生まれてから現在までの時間は、父と母が築いた箕島家の歴史のうちのほんのいちぶ。分厚い本のほんの冒頭くらい、と母は結末を知っていることを得意がるようにいった。

純子は当然、自分の目で見てきた世界しか知らない。それがすべてだと思い込んでいる。けれど何もない平野に突然ぽっこりと家が現れて、すでに縕袍と割烹着を着た父母のもと、箕島家の生活がよーいどんではじまったわけではないことくらいは想像がつく。

知りたい知りたい、とせがむと、母は人差し指と親指で地層からひとつ、化石を抜き出した。

「耳かきや」硝子玉を突き刺したような白くて艶のある細い棒を、母は「象牙《ぞうげ》の玉簪《たまかんざし》」といい換えた。

黒くて長い母の髪はいつもていねいに簪でまとめられている。化粧台のひきだしには豊富な種類の髪留めがそろえられており、純子は〝くノ一〟みたいだといった覚えがある。父が酒に酔うたび、笄《こうがい》は護身にもなるのだといっていた。

象牙の玉簪は、母が十三歳の誕生日に祖母から譲り受けて以来、肌身離さず大切にしてきたものらしい。二十歳のとき、母はその簪でまとめた髪を気にしながら、友人とビール工場の秋祭りに出かけた。祭り囃子《ばやし》が鳴る夜店の周りはとても混雑していた。どういうわけか、飾り玉が誰かの着物へ引っ掛かった。

「それがお父さんやってん」

母はあっけらかんといった。どうすれば頭にあるものが他人の着物にかかるのか。母はいまよりもっと背が低かったのだろうか。純子は名栗柱で懸命に身長を測る母の姿を想像した。

母は酔漢に頭を引っ摑まれたと思ったらしい。「突然、手を握られて駆け出すんやったらソレらしいやないの。でもこちらと頭。天地がひっくり返ったんかと思った。その人が酔うてたのは間違いなかったけれど」

父は母の頭を引いたまま人混みをかき分けていったかと思うと、とみに立ち止まって首を回し、きみはなぜさっきからぼくについてくるんだ、と訊ねた。

「お父さん、ぼくっていうん？」

「大昔ね。笑《わろ》うたわ。でもそのときまだ頭もたれたままやったから、笑うと髪が引っ張られて痛かった」

簪は腰帯についていたため、母は父のおしりの辺りから斜めに相手の顔を見上げる格好になった。

「それがあかんかったんよ。下から斜めに見上げたときは、まあまあ二枚目に見えてんけれど」

純子は毎日下から見上げているのに、一枚にしか見えない。

これが、出会ったと〈紀《き》〉、と母は地層に名前をつけた。

一枚は？　といった純子の訴えを聞き流して、母は次の化石をとり出した。

「耳かきや」純子がいうと、意外にも母は正解、と認めた。

頭に耳かきがついた鼈甲《べっこう》の平打ち簪は、父がはじめて母へ贈ったものだった。聞いていますか？　当時から無口だった父のせいで、母はいらぬ口癖がついた。耳あかでも溜まってるんと違います？　母がからかった翌日、父は耳かきのついた簪を母に贈った。

「ここ、見てみ。折れてるやろう」

母の指が示す通り、簪はなかほどで折れた跡が残っていた。踏みつけて折ったのは父だ。だが、父はすぐにふたつをつなぎ合わせた。

まだ修復がきいたと〈紀〉。母はまた名前をつけた。

次に母のてのひらに載ったのは、黒檀の小ぶりな簪だった。

ここで純子ちゃんが生まれてきます。母はぐっと顔を近づけた。いつのまにかふたりの肩はとなりあっていて、そこで母が顔を寄せたものだから、近づきすぎて純子は母の表情が見えなかった。でもたぶん笑っていたのだろうと思う。黒檀の簪は、成長した純子がいつか髪を結うときのために、生まれたその日に父が買ったものだという。珊瑚《さんご》の簪が出てきた。三歳になった純子は晴れ着に二叉《ふたまた》の簪を挿して七五三を祝った。自分の髪の毛を簪でとめていたこと、晴れ着を身にまとったこと、父母と一緒に神社へ参拝に行ったこと、純子はどれひとつとして覚えていなかった。

真鍮のバレッタが出てきた。

母はよく「短くしておいて」と純子にいうことがあった。箕島家で「短くする」というのは、髪結いを指す。法要や行事のたびに純子は母から「短くしておいて」といわれ、教わった方法で髪をまとめようとしたが、たいていの場合うまくいかず、飽きてしまった拍子に簪をなくしてしまうことがたびたびつづいた。

気と髪は長く保ちなさい、とは母の教えだ。だが純子にとって長く伸ばした髪は動き回るのに邪魔だし、洗うのも乾かすのも手間だった。娘が図画工作用の鋏を自分の髪の毛に入れるたび母は叫んだ。絶対に自分で切ってはいけません。散髪は母のつとめだった。バレッタは純子が短くした髪をひとりでもとめられるようにと、母が選んだ。

「お母さん」お母さん、と純子はなんどか呼びかけた。

「――うん？」近すぎて母の顔がぼやける。

「なんでも、ない」

味でもたしかめるようにてのひらで簪を弄《もてあそ》ぶ母を見ていると、純子はいい知れぬ思いに駆られた。熱い湯が食道を駆け上がるような感触がじりじりと喉を焼いた。でも喉元までせりあがったその思いは、うまく言葉にならず、消えてしまった。

桃の節句、雛祭りの日も純子は着物をきせてもらい、短い髪をせいいっぱい結っておめかしした。

数え年で七歳になったときは、琥珀《こはく》の簪を挿してもらった。

中学校の入学式では銀杏《いちよう》形の螺鈿《らでん》細工の簪を挿してもらった。

高校の卒業式では、舞妓にあこがれ、つまみ簪を挿してもらった。

成人式では金の一本簪でまとめるつもりが長さが足りず、少し錆びた真鍮のバレッタで髪をとめた。

てのひらの上で、母が簪をとり替えていくごとに、純子は年を重ねた。

覚えてる？　訊ねる母の声は少しだけ震えていた。

純子の「うん」は肯定ではなく、ただ低く唸るような音になった。それでも母は

「ふふふ」とやさしく笑った。

「お母さんが呼んだから」

呼んだから何なのだろう、と純子は思う。たしかに母はすぐに純子を呼びつける。娘が目の届かない範囲にいることを恐れている。琥珀の簪をつけた純子が庭でダンゴムシをいじっていると母は同級生の話をした。みきちゃんがアクセサリーに興味があること、れみちゃんが洋服に凝っていること。その頃、純子の関心事は虫いっぺんとうだった。でも同級生と交わろうとすると呼びつけられた。

螺鈿細工の簪をつけた純子は、大きな寺で十三まいりを行った。帰り道、寺の参道を下って橋を渡りきるまで、ふり返ってはいけないと母は純子に説いた。ふり返れば授かった知恵を失ってしまう。そんないい伝えを聞かされて、背中を押された。履き慣れない木履《おこぼ》のせいか、純子は橋を渡りはじめてまもなく足をとられて転んだ。同じとき、渡橋していた子どもたちや大人の笑い声が頭上に聞こえた。彼らはただ、彼らの時間を楽しんでいただけかもしれない。うしろから母の呼ぶ声がして、すがるようにふり返った。結局、純子は母の手を握り、橋を渡りきった。

つまみ簪を挿した頃の純子は脚気《かっけ》遊びにハマッていた。膝小僧の少し下を叩くと無意識に足が跳ね上がる。「おすぐっと」と名づけて一日中やっていたら、誰かがいった。「おまえ身体は成長しても精神は成長してねえな」。純子は精神の意味もわからなかったし、それが成長するというイメージもてなかった。

真鍮のバレッタをつけて母と出かけた成人式でも同じようなことをいわれた。「おまえはまだオトナになれてない」。「何で？」と訊くと相手は何かいおうとして、しかし押し黙った。代わりにカメラを手渡され、撮ってくれと頼まれた。純子が写らんといったら、おまえは写らなくていいと拒まれた。——純子ちゃん。何台ものカメラを手渡された娘を呼ぶ母の声がした。

「純子ちゃん」ばらばらにほつれていた過去が、

「純子ちゃん」簪によって少しずつ束ねられていく。

母の顔が近い。目尻にある大きなシミが小刻みに揺れていた。レーズンに似たそのシミに手を伸ばすと、指先にわずかな水滴が触れた。

平衡感覚がわずかに向上したような気持ち。車酔いが治まったような。少しだけ世界がクリアになったような。純子は「はあい」と返事をした。

「それで、これがいちばん新しい層」

母は長羽織のなかから白い箱をとり出した。

「何かな」純子が訊くと、

何かな、と中身を知っているはずの母もいった。

蓋を開けると、イチゴの代わりにレーズンがのせられたケーキがあった。

「手品や！」

「純子ちゃん、二十八回めの誕生日、おめでとう」

母は純子の誕生日に種明かしを披露した。

そこには種も仕掛けもなかった。母が明かした箕島家という家族は紛れもない存在で、だけど純子が忘れてしまっていたむかしのことの連続だった。ほんとうは母の胸で泣いたことも、種明かしを望んだことも純子はすっかり忘れていた。だからびっくりした。二十と八回めの誕生日については他人事《ひとごと》のように「へえ」と思うばかりだった。

手を洗って、包丁で切って、お皿に載せて、フォークで食べよう。ケーキに顔を近づけすぎた純子に母がいった。

翌日、庭のピクニックシートの上にはがらくたの山ができていた。それらは押し入れや工場から母が発掘した箕島家の化石だった。積み上げられた化石の山は純子の背よりも遥かに高い。そのなかにはコップ代わりに使っているビーカーやフラスコもあった。

このすべてを工場の窯で燃やそうというのが母の魂胆だった。

全容を捉えるのに時間がかかるがらくたの山を眺めはじめて三十分くらいが経ったときだろうか、外光に反射してきらりと、物体が純子にサインを送るように光った。

そいつは山頂付近で純子を呼んでいた。

踏みどころを違えるとすぐに崩れそうな足場を慎重に登った。登るより張りついているという方が正しい。なんども滑って麓までもどされた。でもまたへばりついた。純子はヤモリの吸盤がほしいと思いながら、ゆっくりゆっくり時間をかけて登った。

山頂で、純子の右手はボトルシップを摑んだ。

それは父が娘のためにつくったものだ。

酒瓶のなかには立派な帆船が収まっている。塗装された船体、高く伸びたマスト。三つの帆。アートフラワー用のリボンや竹串、つまようじやたこ糸を使ってつくられた手づくりの帆船は、狭い世界のなかでも勇ましく帆を張っている。

お父さんは誰かの贈り物のために時間を割《さ》くような人間やないと母はいう。けれど稀に、売り物の材料を細工して手品のようにパッと何かを生み出すことがあった。それが純子にとってほんとうに手品のように思えるのは、仕込む姿を見せないからだ。テレビで観た鶴の恩返しのように、もし途中で覗けば、完成間近であっても父はそれをごみ箱行きにする。

ボトルシップを雑に手渡された日、純子はうれしくてなんども跳ねた。瓶のなかの帆船はかっこよくて輝いていた。しかしすぐに疑問が湧いた。おかしい。どう見ても船は瓶の口径より大きく、通るはずがない。瓶の底に溶接したような跡もなかった。

「手品や」父は得意げにニヤッと笑った。

どうやって帆船を瓶のなかに入れたのか、純子が執拗に訊ねても父は教えてくれなかった。

純子が気づいたときにはもうそこにある。家族と同じだった。

疑問はすぐにやきもきした気持ちに変わった。木台の上に飾って眺めるのはすぐに飽きた。どうしても瓶のなかの船を手にとって触りたかった。触って嗅いで頬ずりして、池に浮かべたかった。瓶の飲み口に指を突っこんでも船には届かない。それは眺めるもん、と父はいっていたけれど、純子の気持ちはじりじりした。ついで、どうしてかっこいい船を瓶のなかに入れるのね、と文句をぶつけた。

母はハンマーで硝子をたたき割った。

いっぱいになった貯金箱を割るみたいにあっさりと純子の目の前で。ほら、純子ちゃんずっと船とり出したいっていうてたやろ。

「ほら」

母から手渡された船は思ったよりもずっと軽かった。どういうわけか、念願の帆船を手に入れたというのに心は弾まなかった。何が不満なん？　と訊かれても答えられない。

「はいはい、純子ちゃん、済んだらお掃除しよか」

母は一刻も早く、工場の窯でがらくたを燃やそうと企んでいた。はいはいの手筈に抗い、純子は泉池を目指した。目は帆船しか見ていなかったから、途中でなんども転んだけれど痛みは感じなかった。

「純子ちゃん、何するのん」

「いまからふねを浮かべるからね、流れてきたらキャッチしてー」

「いっかいだけやで」

「準備はいいー？」

どうぞ、でもこれが終わったらお掃除なー、と向こう岸から母の答えが返ってきている最中に純子は池の前につくばい、そっと水面に帆船を放つ。その一瞬にどきどきした。

しかし船は純子の手から離れた瞬間、横転した。水面に抱き寄せられた帆がぺちゃっとかわいい音を立てる。沈むことはなく、ただ浮いているそのさまは落ち葉と何ら変わりない。やがて風に押された船は音もなく水面を這い、池の真ん中で動力を失った。

「あーあ」

「純子ちゃん、お掃除しよか」

「お母さん、ふねとって」

「冗談いいな。雨も降りそうやし早くお掃除して家のなかもどろ」

ピィーピィーピィー。純子の口笛が轟いた。実際には空気の漏れる音が純子の耳にだけ聞こえたのだったが、それを合図に救出作戦をはじめることにきめた。しぶしぶ庭に落ちていた木の枝を握った母は、池の縁からめいっぱい手を伸ばした。もっと右、もっと、こんどは左。指示を出しながら、これはいつも母が口にする言葉だと思ったら高揚した。餌をもらえると勘違いした鯉が母の足許に群がり、水飛沫《しぶき》が服を濡らした。

「純子ちゃん」

「右っ」

「もうやめです」母は匙を投げた。ほら降ってきた。母がてのひらを空へ返したとたん、雨粒が純子の頬を打ち、それから雨脚はすぐにつよまった。

「でもふねは、とらんとだめなのよ」

「諦めなさい。そのうち手の届くとこに流れ着くから」

「だめ」

「駄々こねない。お母さん教室の用事もあるし、ごはんかってつくらんならんのよ」

それから純子はじっと水面を睨んでいた。

「じゃあこんど新しいやつ買ってあげるから」どれくらい時間が経っただろう。痺れを切らせた母がいった。ふと母の服の色が変わっているのに気づいた。純子がずっと水面を睨んでいるあいだ、一緒に雨に打たれていたせいだ。

「お父さんしか」

「何」

「お父さんしか瓶のなかにふね入れられんのよ。手品やし」

母はひとつ咳でもするようにコホッと笑った。

「手品やない。あんなもん、誰でもできるの」

「手品やないん？」

「手品やない」

母がハンマーで硝子を割った瞬間から、魔法は切れていた。

「うそなのよ、あれは手品てじなてじな」

目を開けているのも困難なくらいの雨脚のなか、純子は必死で帆船を睨みつづけた。

また母にだけ、途方もない時間が流れた。

「手品やない。あれは瓶のなかで帆を立てられるようにつくってあるだけ。なんでもないの」

「うそよ」

「うそやない。雨が降るのも、ビーカーが仕舞われるのも手品やない。急にお母さんと鏡子と祐子が怒ったように見えるのも手品やない。物事には道理があるの」

「コートを汚したこと怒ってるのね」

「そうやない。そうやないのよ。物事には一見、手品のように見えることがあっても必ず種と仕掛けがあるの。この世に魔法はない。物事には道理があるの。純子ちゃんにはそれを正しく見てほしいん」

雨音に負けないようにふり絞られる母の声が痛いほど耳に届いた。

「わからへんのよ」純子も負けじと大声でいい返すうちに、横隔膜が痙攣しだした。その震えはしゃっくりになって、やがて嗚咽《おえつ》になった。見ようと努力はしている。でも見えない。純子にだけ見えない悔しさが止めどなくあふれてきた。「見えへんのよ」

「物事が正しく見えてない」

「お母さんも、船長見えてない」

雨が弾ける水面をふたりで睨みつづけていた。風呂に入ったときみたいに手の皮がふやけている。向こう側にいたはずの母が、いつのまにか純子のとなりに立っていた。

「風邪ひくからお家《うち》のなか入ろ。それともまだここにいたい？」

大きな雷鳴が轟いたので、純子は仕方なくへそを隠して家のなかへもどった。

帆船が難破した翌日、大勢の人が箕島硝子に会いに来た。

はじめのお客さんが来たとき、純子は縁側に腰かけて絵を描いていた。スーツの人も、作業着の人も、ひっきりなしにやって来るので、母はバロバロの門を開けたままにしておくよう純子に頼んだ。

母が「開けておいて」といった箕島家の総門は本来、父が工場で仕事をはじめるときに開けられる。父の指の間隔で錆びた支柱は鍵盤みたいな色合いで、純子の手は白鍵を押さえた。

　総門は成人男性を隠してしまうほどの高さがあり、車でも押すような力を込めない限り動かない。ただ、いちど動き出すと独りでに加速するため、こんどは大型犬に引きずられる飼い主みたいに待ってまってと翻弄されるはめになる。レールを転がる車輪の鈍い音を指して母はバロバロの門といい、その際、溝に入り込んだ落ち葉やら虫やらをすり潰していく様から、鏡子や祐子は黄泉《よみ》の門と呼んだ。

　結局、純子ひとりでは開けられず、母の力を借りてめいっぱい乱暴に白鍵を押した。もう少しで頭の血管が切れるかと思う前に門は動き出し、力任せに叩いた代償にレールの終点に衝突して〝ぎぃいーん〟と耳を劈《つんざ》く音を響かせた。

　どの人も一目散に工場へ駆け込んだ。工場のことは隈なく知っているつもりの純子は、いまさら何も覗くことはない、ときめて絵のつづきにとりかかった。でも一人、またひとりと嬉々として目の前を通り過ぎられては、黙っていられない。とうとう絵をほっぽり出し、「純子もお邪魔します」といって箕島硝子に会いに行った。

「ほんとに全部持っていっていいんですか？」

　母の連絡で駆けつけた人たちは戸惑いながらも、もうその両手にたくさんの硝子品を抱きながら重ねて訊いた。

いいんですよ。同じ調子で繰り返す母の周囲にはとくに人だかりができていた。だから純子も手伝おうと思い、いいんですよ、いいんですよ。母の言葉を真似て繰り返した。

彼らは、三十歳になった箕島硝子を見たかったとか、箕島硝子は百歳まで生きられると思ったと母に伝えていた。

なんだかパーティでもやっているように盛況だった。「商いはからきしだめ、という箕島硝子には似つかわしい光景です」硝子品を抱える人たちに母はなんども頭を下げていた。

いつのまにか騒ぎを聞きつけた近所の住人までもが工場に押し寄せた。「風呂の栓がのうなったんじゃ」といった農家のばあばに純子は同じ形の赤ゴム栓をあげた。ポットの代わりになるものを探していたじいさんには、把手つきビーカーをやった。

「安いです、安いですー」

純子は逆さまにしたビールケースの上に乗って声をはった。落合も王も長嶋も、みーんなタダでやった。

おかげで工場はどんどんきれいになった。最後のお客さんが帰ったときにはほとんど空っぽの状態に近づいた。

翌日、母は一日かけて掃除をした。家のなかでは見られない黒い埃をせっせと掃き、壁や窓を拭いた。見てみ、と母が裏返した白いぞうきんは真っ黒だった。ぞうきんに黒い汚れを移した工場はだんだん白さをとりもどしていった。最後にワックスをかけると、ゆで卵のようにつるりとした質感に包まれた。

埃もビスも転がっていない床に母と並んで寝転んだ。

「えらい、えらすぎ」

「偉いの？」

「えらい。でもきれいになった」

生まれ変わった工場は着付け教室に使うのだと、母は野望を語った。あっちにお母さんの衣装棚を置いて、そっちに生徒さんたちの衣装棚。畳屋のばあばに頼んでたくさん畳敷いてもらわなあかんね。油脂臭いのがまだちょっと残ってるから、早く藺草で消臭せんと。

「純子ちゃんはこれからどうしたいか、考えてる？」

母の話を聞いていたはずが、急に自分のことを問われた純子は答えに窮した。手遊《てすさ》びに逃げようとすると、すぐに止められた。そのときふと思ったのは、帆船を包む瓶のことだった。父も母も鏡子も祐子もそれから純子も、みんな瓶のなかに入れば輝いて見えると思った。ゆっくりとその思いを伝えようとしたけれど、適切な言葉が見つからない。家にこびりつく父の痕跡を洗い落とした母は、目の前の野望で頭がいっぱいのようだった。

＊

その人はみんなから「ミシマさん」と呼ばれていた。

「お、ミシマさん、久しぶりやな」父と同じようなつなぎの作業服を着た同業者がいった。

「ミシマさんこの前の特注品の件ですが」背の高いスーツ姿の営業マンがいった。

「こんなのつくれる？　ミシマさん」白衣の研究者がいった。

ひよこのような頭にカエルみたいなぽっこりお腹、フラミンゴばりに細い両脚は、純子が知ってるあの人と何も変わらない。

だけどそのミシマさんは背筋がピシッと伸びていた。平衡感覚がしっかり機能していて、ほとんどモノにぶつからずにまっすぐ歩いた。たまにぶつかってモノを倒したときは、きちんと元にもどした。

ミシマさんはチラと純子を横目で見たあと、左手をダッシュボードに伸ばし、笑ってる人のアゴを外した。だがいつも足許に落ちてくる菓子はなく、中身は空っぽだった。

一週間前、きれいになった工場の床に寝転びながら野望を語った母は最後に、純子にある提案をした。

「伝言ゲームの練習」

口に出していうと、またミシマさんがチラと純子を盗み見た。

リビングと縁側に挟まれた仏間は、父と母の緩衝地帯だった。

お父さんに晩ご飯何がいいか訊いてきて。母はよくリビングから純子に指令を出した。そんなとき純子は仏間を通って縁側にいる父のところまで伝言を運んだ。お母さんがごはん何がいいいって。

「かき」と父はつぶやいた。かき、カキ、牡蠣。忘れないように何回も口に出しながら仏間をもどって、リビングにいる母へ大声で伝えた。お父さん、牡蠣っ。

そのあと仏間で休んでいると、庭の柿の木が落とした実を拾い集める父の姿が見えた。庭の大きな柿の木は毎年秋になると実をつける。夏の終わり頃から、縁側に寝そべる父は実が熟れていくのを楽しみに待つ。純子も急いで庭へ出てふたりで集めた。

実はもぎってももぎってもいつのまにかまたついていて、明くる日には地面へ落ちている。かき、カキ、柿。

「お父さん、晩ご飯何がいいの」

「湯豆腐」

不思議なのはその日の献立に湯豆腐が出てくることだ。どういう手品なのか訊きたいが、そうすると母は〝モノゴトノドウリ〟という難しい話をはじめる。

母は真っさらの自由帳とえんぴつを買ってくれて、そこに見聞きしたことを書いてくるようにいいつけた。さっそく庭に咲いてる花を描いていた純子に母は「やれますか？」と訊いた。「やれますー」と答えると、お父さんは花より難しいでといったあと、明日の九時に飛び出し坊やの横で待っていたら父が来ることを教えてくれた。時間通りに純子が向かうと、白いおしりが、いた。じっと見た。何もいわずにじっと見た。見て、見て、見て、見て、乗って、見た。

「乗ったか」、「乗った」。いつもより少し多めに見ただけで、久しぶりの再会も、同じあいさつではじまった。

軽トラは高速を少し走ったあと地道《じみち》におりて、こんどは山道を走り出した。急勾配の道をすすむ車内で、純子が自由帳に窓の外の風景を描いていたら、しばらくしてミシマさんが「酔うで」とつぶやいた。

　程なくして軽トラは山頂付近の目的地に到着した。木の看板には『ウィスキー蒸溜所記念館』と書かれていた。

　用事があるのは記念館ではなくて、隣接する研究所の建物の方だったが、ミシマさんは一般客に交じって記念館のゲートをくぐった。制服を着たお姉さんが記念館の歴史を暗唱する前を素通りして、すたすた足早にすすむその人を純子はやっぱり父だと思いながら必死で追いかけた。大人たちの壁に埋もれて父が遠ざかっていくので、自由帳で人垣をかき分けながらすすんだ。

　父は試飲コーナーにいた。樽から突き出た蛇口を捻ってプラスチックカップにとぷとぷと琥珀色の液体を注ぎ、ちゅるちゅる啜る。冷水機で水でも飲むように琥珀色の液体を飲み干した父に、純子は「酔うで」とつぶやいた。お嬢さまもいかがですか。純子に差し出されたカップを父は無言で受けとり、それもぜんぶ自分で飲み干すと、「いこか」といった。

　研究所は建物の内装も、そこで働いている白衣姿の人たちもみんなそろって白かった。床も椅子も手摺りも白い。だから草履と汚れたつなぎ姿の父はよく目立った。オセロならひっくり返されているところだ。純子も黒ならあの人たちを挟めるのにと思ったけれど、この日は黒でも白でもないピンク色のセーターを着ていた。

父がこんなところに何の用があるのだろう。純子が考えていると、いつのまにか前を行く父は、白衣姿の女性と話しながら並んで歩いていた。

「並んで歩いてる！」

おどろきとともに発した純子の言葉は誰にも拾われずに広いエントランスホールに吸い込まれた。ふたりが話している会話の内容は聞こえなかったが、流ちょうに淀みなく時折、相づちとジェスチャーを交えながら、相手の歩調に合わせて歩くその人はもう純子が知る父ではなかった。

「ミシマさん、いってくださいよ」

父と話していたはずなのに、女の人は急にふり向いて純子に微笑みかけた。それで仕方なく、ミシマさん、と呼ばれた人物も一応立ち止まってふり返り、寝起きのあくびかと思うような声で「ああ」とだけいった。よろしくね、といって手渡された小さい紙にはその人の名前と地ビールの開発者であるという情報が記されていた。

「ミシマさんにはアルコール度数を測定するための硝子器具をつくってもらってるんですよ」

その人は先生みたいな口調で、純子にミシマさんの説明をした。白衣の奥に覗く赤いストライプシャツが目にとまり、さっき見たばかりの名前も忘れて、純子はその人を赤井《あかい》さんだと思うことにした。

研究室に入ってから、ふたりは純子をよそに世間話に没頭した。だが天気や時事の話ではない、聞き慣れない単語が多く、内容はさっぱりわからなかった。

ミシマさんの顔は少しずつ赤みを増していた。もしかすると赤井さんのことがすきなのかもしれない。ひとりでぶつぶつ喋っていると、ふたりは同時に純子の方を見た。ごめんね、わたしたちばかりで話して。なぜか赤井さんは謝った。

「お酒やっ！」赤い理由がわかって膝を打った純子に、赤井さんは「そう、お酒をつくってるの」と見当違いのことをいった。結局、純子がわり込んだかたちになってふたりの会話は途切れた。

ミシマさんは持ってきた段ボール箱のテープを親指の爪で開封した。フラスコ、連結管、冷却器、共栓メスシリンダー。玉入れの最後に数とりをする人みたいに、一つひとつ商品名をつぶやきながら硝子品をとり出していった。純子が落合や王や長嶋と呼んでいたものが出るたび赤井さんは「わー」とか「おー」とか、大げさによろこぶ素振りを見せた。「これで、しまい」ミシマさんは最後にぽーんとシリコンチューブを放った。

「あとひとつ、赤い玉が出てくるはずなんですけど」

赤井さんは申し訳なさそうに箱を覗き込み、冷却器と連結管をつなぐゴム栓です、といい直した。ないな。ミシマさんは慌てる様子がなかった。

「それからガスバーナーのタイプがプロパンガスではなく都市ガス用タイプになっています」

山の中の研究所だからプロパンを使ってること、ミシマさんはご存じのはずなのに、といってから自分の間違いではないのに、またすみませんと謝った。

「ミシマさんお疲れですか」赤井さんはくすくす笑った。

「ミシマさん家から掬い出されたからねえ」純子がいうと、赤井さんは「え、ええ」とたじろいだ。

父は別段、怒る様子もなくおしりの辺りをぽりぽりかきながら、ゴム栓、ゴム栓、ゴム栓なあ――、と唱えはじめた。ゴム栓何なのだろう。ゴム栓すぐとりにもどる、ゴム栓またこんど持ってきます。純子はひとり想像しているうちに思い出したから、言葉尻を引き継いだ。

「ゴム栓、もうないのよ」

「どうしてないのかな？」訊ねたのは赤井さんだった。

「農家のばあばにあげました」

こんどは赤井さんが止まった。

「何であげたんじゃ」と訊くミシマさんに純子は、風呂の栓に使うのだと説明した。じゃあしょうがないね、と赤井さんは納得したあと、「でもそのゴム栓、八径《パイ》の穴が空いてるけど大丈夫かな」と眉根を下げた。「水たまらんぞ、ておばあにいっとけ」ミシマさんは簡潔に言葉を切る。ふたりとも純子を責めようとはしなかった。

「いうーだけ？」

「なんじゃ」

「返してってばあばにいわなくていいのね？」

「政治家と一緒じゃ」

ぽかーんと音が鳴るくらいの空白が頭のなかを埋めつくした。いうーだけでいいって意味だと思う、と赤井さんが純子のいい方を真似して教えてくれた。

「政治家はいうーだけ？」

「そう」

「じゃあ、いうー」

「じゃあ、わたしもミシマさんにいうー」

ストックホルムの研究所に輸出する滴数計の非該当証明書はご持参いただけましたか。こんどは純子が止まる番だった。ちんぷんかんぷんな言葉が頭のなかを優雅に泳いだ。赤井さんとの話をつづけたくて必死で意味を理解しようとしたけれど、難しい言葉はひらりと純子の追随を躱《かわ》し、どれひとつとしてつかめなかった。

純子とは反対に、おもむろに動き出したミシマさんが身体中のポケットに手を突っ込むと紙きれがわんさか出てきて、床へ落ちるまでひらひら舞った。こっちはボートレースの舟券、と赤井さんがいい、こっちはパチンコのレシート、と純子が読み上げた。

「あった」そんなことはお構いなしのミシマさんはおしりのポケットから細長い茶封筒をとり出した。四つ折りにされた紙は緩くカールしている。それでも「よかった」と心の底からかみしめるようにいうミシマさんではなく赤井さんに、純子は「被害証明って何なのね」と訊いた。

「非該当証明、お父さんがつくってくれた硝子品を海外へ輸出するときに税関へ提出するものなんだけど、それが戦争に使われるモノではないですよ、と誓う紙です。こんな説明でわかるかな?」

誰かに誓いをたてるような父の姿など、純子には想像できない。

「お父さん、誓ったことないです」

「ミシマさんけっこう誓ってるよ」

泥酔状態の父が、母の前で金輪際《こんりんざい》お酒を断つと誓うところを純子は見かけたことがあるが、舌の根の乾かぬうちにその舌は次のお酒に溺れている。

母に掬い出された父が〝戦争に使われるモノではない〟と他人に証明することはなんだかおかしかった。だって父は母と戦争しているのに。おかしみは痒みに変わって身体中を駆け巡った。「かゆい、かゆい」といいながら身体を揺すっていた純子が次に顔をあげたとき、ふたりはいつのまにか背の高い机の前に移動していて、一緒に機械をいじっていた。

赤井さんと作業を共にする黒い背中が、純子にはほんとうに知らない誰かに見えてきた。

（ふたりでしてるのよ）。母に報告するようにひっそりとつぶやいた。

「この前いただいた温度過昇防止器なんですが」

「ん」

（相づちをうつのよ）

「わたしブラインドの設定解除をお願いするのを忘れていて」

「液体の実験に使うんじゃなかったのか」

(喋りました)

「いえ、気体なんです」

「そうか。じゃあ初期設定値を無効化する」

(しかも話している人の目を、見ているのよ)

「できた」

「ありがとうございます」

(お父さんは赤に返されたのよ)

そこで赤井さんはまた急にふり返って、ミシマさんがつくるこの機械は便利なんだよ。たとえば、純子ちゃんのお母さんが怒って百度を超えたとしたら、それは身体にわるいから抑える機械なの。たとえばの話ね。

赤井さんはたとえばのサンドイッチで説明してくれた。

そんなに便利な機械があるなら、父は自分で使うべきだった。

研究室をあとにする直前、ミシマさんは「またゴム栓持ってくる」、といい、赤井さんは「約束ですよ」と返した。

純子は自由帳に、『ミシマさんまた女の人に会いに行く約束をした』と書いた。

そのあと腹がへったと訴えた純子を連れて、ミシマさんは町の定食屋に入った。天井すれすれの位置に小さいテレビが置いてあって、ひと足先に食べ終えたミシマさんは爪楊枝を咥えながら食い入るように画面を見つめていた。手に握られた舟券には『4－1－2』と書かれている。実況者の言葉に耳を傾けるその横顔は、もうミシマさんから父に変わっていた。

「いくらですかー」

レースのあと、当たったということは純子にもわかったので訊いてみた。

「一万五千」

そんなにぼったくらねえよ、と奥にいた店主が肩を怒らせた。

父とはバス停で別れた。飛び出し坊やの前で停まるのがごく自然なことみたいに、父は何もいわずにブレーキを踏んだ。

「お父さんはどこにいくのよ」

「次の仕事」

「もぅーいぃーよっ」

「なんじゃ」

「もぅーいぃーよっ」

三回めのもういいよをいったところで、純子は車から降ろされた。

はよ家帰り。お母さん心配するで。父は軽トラで去って行った。

その夜、純子は母に叱られた。

「純子ちゃん、またお父さんからお菓子もらって」

おやつの時間に父と食べた定食がまだ腹にたまっていたせいで、母がつくったごはんを半分以上残した。お菓子をもらって、と純子に怒るとき、母は父にも怒っているということがわかった。

「純子ちゃんがお菓子いっぱい食べた、いうことはお父さんがまたパチンコにいった証明になるやろ」

証明、という言葉で思い出した。

「お母さん、簪のヒガイトウ、証明とってるん」

「ヒガイトウって？　それより自由帳みせて」

食器のすすぎ洗いを終えた母は、ちゃっちゃと水気を払った手で自由帳を開いた。

だが母は何もいわずに自由帳を静かに閉じて、純子に返した。

純子はおもむろに自分の手の甲を母の額に添えた。少し熱い。

赤井さんが教えてくれた機械を手に入れようと思った。でもそうするにはミシマさんに頼まなければいけない。またミシマさんに会いに行くのよ。純子が宣言すると、母は目を丸くしてこんどは「それ誰え」といった。そうか、母はミシマさんを知らないのだった。

＊

冬であることを忘れてしまいそうなほど暖かい日、純子は母に髪を切ってもらった。散髪をしてもらうときはいつも和室のミシン台の椅子に座る。でもこの日、母はどこからともなく父のバーバー椅子を引きずってきて庭の真ん中に置くと、そこへ純子を導いた。

よう晴れてるから今日はお外でしよか、と母はいったけれど、本心は散髪と別のところにあるようだった。

真剣な話をするとき、母はまず着席を求める。立って話すのはあまり行儀のいいことではないと考えていた。

「純子ちゃん、何その寒い格好」

母はまず服装について訊ねた。純子はハーフパンツをはいていた。朝起きると暖かかったからだ。暖かくても冬に半ズボンをはくのはよくない、と母はいった。納得できずにいる純子に、風邪ひくからとつけ足した。

「それで、純子ちゃん、その頭どないしましたか」

咳払いをひとつして、母は本題に入った。重みを伴った言葉に純子が首をすぼめようとすると、母はカットケープ代わりにかけていたレインコートの首元を強めに引き締めた。

「自分で切ったのよ」

「どうしてですか」

母はまだ首元から手を離さなかった。

「ハナくんが短いのがすきなのよ」

人のせいにした。ハナくんは純子の話し相手だ。

「ほな純子ちゃんのギザギザの髪と一緒にハナくんとの縁もお母さんが切っておきます」

「せっかく友だちなったのに」

「そうや。髪と違《ちご》うて縁を結ぶんは大変やねんからに」

母は櫛で純子の髪を梳《と》かす。

「じゃあ結んだままにしとこう」

「結ぶには長さがいるんです。もう勝手に自分で切りませんか」

「気の長さ？」

「切りませんか」

切りませんー、と純子が誓って、解決した。

「お父さんはー？」

しばらく耳の近くで鳴っていた鋏の刃と刃が重なる音が止んだ。

「いまお父さんの話はしていません」

でもお父さん。横道にそれようとした純子の頭を母は両手で押さえて本道へもどす。

横向かない、動かない、前見てて。

ちゃきちゃきという鋏の音が心地よくて、純子はそのうち眠たくなってきた。なんども首が倒れるたびに鋏がとまるので、母はハナくんの話をするように勧めた。

近くの公園まで散歩にいったときだ。途中の田んぼで純子はでかいカエルを見つけた。おれがとるし、とハナくんははりきったけれど、腰が引けていつまでも捕まえられずにいた。見かねた純子が鷲づかみにした。そのとき指のあいだからカエルの脚がぴよーんと飛び出た。びっくりして尻もちをついたハナくんは、そのままの勢いで後ろ向けに田んぼへ落ちて号泣したのだった。

「でもハナくんっていちばんつよいんと違った？」

これまで純子から聞いていた情報をもとに母が訊く。

「つよい」

ハナくんは重量級だ。無口だがやさしいところもあるから女子にも人気で周りにはいつも誰かがいる。でも純子は自分にそんな気はないのにハナくんを泣かしてしまうことがたまにあった。みんなが使うおもちゃが壊れたときもそうだ。誰かが道具箱を持ってきて直そうとしたらハナくんが前に出た。はりきったけれどいくらプラスドライバーでがんばってもネジがとれなかった。マイナスドライバーじゃないと開かないよ、と純子がみんなの前でいったら、ハナくんは泣いた。

数学の公式をもちだしたときもそうだ。「＋《プラ》×＋《プラ》＝＋《プラ》」、「＋《プラ》×－《マイ》＝－《マイ》」、「－《マイ》×＋《プラ》＝－《マイ》」、「－《マイ》×－《マイ》＝＋《プラ》」

早くいえた方が勝ちというゲームをハナくんが考案して、ふたりで呪文のように唱えた。

「プラプラプラ、プラマイマイ、マイプラマイ、マイマイプラ」二回めで純子のスピードが上回ると、ハナくんは泣いた。

「前にもいうたけれど、男の人はいろんなもんを隠し持ってるんよ」

「ハナくんは何を隠し持ってるのよ？」

「自尊心」

自尊心とは何だろう。あの薄っぺらい身体のどこかにハナくんは隠し持っているのだろうか。

「お父さんは何を隠し持ってるのね？」

横を向いた純子の頭を母は素早く修正する。

「さあ。小銭くらいやない」

目に見えないモノの存在を教えてくれたのは父だった。うだるような暑さの日、もう夏はいりませんついでに冬も。春と秋だけでいい、といった純子に父は珍しく反論した。麦わら帽子を顔に被せながら縁側で奇妙な寝方をしていた父は「夏をなくしたら美味いスイカも川遊びも昼寝も花火も無《の》うなるけどええんか」といった。それは絶対にいやだった。「暑さの裏側に夏が隠しもっとるやつじゃ」そういったが最後、父は眠りに落ちた。

「お父さんが隠しもってるのはミシマさん、なのよ」

こんどは頭をもどされなかった。

「純子ちゃんもまだミシマさんやねんで」

自尊心のときと同じくらい意味がわからなかった。

「お母さんはプラプラプラ？」

「お父さんと結婚してからはマイマイマイ」

もうええよ、ばっちり整えた。母は純子のレインコートを脱がせた。

「お母さんハナくんにおうたことないしいちど家に連れておいで」

「それは難しいのよ」

ハナくんは出不精で、薄っぺらいのにとても重い。渋る純子の顔を見て、母は何かを悟ったようだった。

「純子ちゃん。ハナくんっていつもバス停の前におる子？」

「うん」鼻毛のハナくんだ。

「そう」

小さくため息をつくようにそれだけいうと、母は倒れている人の両脇を抱えるようにバーバー椅子を引きずって、家のなかへもどった。

バーバー椅子に轢かれた花はどれもこれも枯れていた。そういえば近頃、庭の花が枯れはじめ、純子の寝癖のように変な方を向いて伸びるきつね色の雑草が目立った。

庭の草花にも散髪が必要だが、母はやりそうにない。泉池も苔のようなものがびっしりと生えていて、水も濁っている。鯉たちは心なしか元気がない。餌をあげなければいけないと思いつつ、でも母か鏡子か祐子がやるだろうと考え直して、きれいに切りそろえられた髪の毛をいじりながら、純子はその場を離れた。

父が掬いとられてから日を重ねてみて判明したこともあった。

年が明けてから母はよく物探しをするようになった。あれがない、これがないといっては家中を駆け回る。パジャマを探す父を思わせるような、それまではあまり見かけない光景だった。母でも知らないことがあるのだ。それで、心当たりがないかと訊かれた純子たちは「知らん」を繰り返した。あまりに執拗に訊ねるので、鏡子や祐子は母のぼけを疑った。

「お父さんが管理してたもんやからお母さんは知らなくて当然です」

疑いを晴らすために仕方なく、母は父を持ち出した。持ち去ったわけでもないのになかなか見つからないものは元々、父が使用していた日用品の類であった。たとえば浴槽の掃除に必要な薬剤とか、庭の草花に関する園芸用品や、はたまた鯉の餌などだった。新しい家に来たみたい、と母は嘆いた。宝探しみたい、と純子はなぐさめた。

浴槽掃除に使う重曹とクエン酸入りのボトルは、コーヒー豆を入れた標本瓶のとなりに並んでいた。その瓶なら見かけたことがある。純子がずっと砂糖だと思っていたものだ。

探すことに体力をつかい果たした母は、風呂掃除を済ませる余力が残っていなかった。鏡子と祐子に頼んだけれど、ふたりとも仕事と宿題が忙しいといって断った。疲れて眠ってしまった母の手から純子は重曹をとって、浴槽へ全部投入した。ついでにボディーソープも浴槽や壁へふんだんにプッシュした。蛇口を全開にひねると、ものすごい勢いでお湯がほとばしった。たちまち湯気が視界をわるくしたので浴室の外へ出た。重曹やお湯がすべての汚れを洗い落とすまでは相当の時間がかかるだろうと思ってその場を離れた。

家のなかは探し物を見つけるまでに散らかした物が散乱していた。母はあとで片付けるといったが、前の探し物をしたときに引っ張り出した物までもが未だ手つかずで部屋の隅っこに残ったままだ。

だが母の手伝いをした純子は気分がよかった。いいことをしたのだからほめてもらえると思った。翌朝、母はいつもより早く起きて長いあいだ浴室から出てこなかった。母と一緒に浴室から出てきた鏡子は不機嫌な顔つきのまま出勤した。朝風呂に入れなかった祐子は純子のほっぺたを「タテ・タテ・ヨコ・ヨコ・マール書いてちょんちょん」と口ずさみながら引っ張った。母はほめてくれなかった。

父が秘かに行っていた仕事は家の外にも及んでいた。

その日、バロバロの門の向こうには町内会長さんが立っていて、ひどい咳をしながら、参加していただかなければ困る地域行事について、母に説明を加えた。その晩、咳に背中を押された母はさっそく定例会に参加するため、夕食をつくったあと公民館へ出かけた。

あんなものお茶会やないの。二時間後に帰ってきた母は爆《は》ぜた。茶と饅頭を囲って行われたのは、じいさんとばあさんたちの世間話だった。じいさんは入れ歯の調子がわるかったり、ばあさんは孫の要求がこわかったり、した。そんなわけで毎週の定例会は鏡子の担当になった。純子の立候補は却下された。翌週から、公民館の沓脱ぎには茶や薄紫の靴のなかにかかとの高いヒールが交じった。

町内会長さんが咳とともにバラまいていった地域行事はほかにもまだたくさんあった。この頃から、夕食をつくり終えた母は洋服を何枚も重ねて着ぶくれした身体を揺すり、消防団の夜回りに出かけるようになった。芯から冷える冬の夜、母はじいさんたちに交じって暗闇になんども「火の用心」と声をふるった。実際には「ひぃのぉ〜よぉ〜うじんっ」だった。じいさんたちの声がでかすぎるせいで、純子が家でどんなに耳を澄ませていても母の声は聞こえなかった。でもかけ声と一緒に打つ拍子木《ひょうしぎ》は魅力的でうらやましかった。純子がねだると、母はかまぼこ板をくれた。じいさんの抑揚を真似ながら家のなかを練り歩いた。母たちは耳を塞いでいた。大事な物を入れておくカンカンにしまったはずなのに、かまぼこ板はどこかへ消えていた。

節分の日、純子は鬼に扮した。これこそ純子ちゃんにもってこいの用事やわ、と母ははじめて地域行事の手伝いを認めてくれた。ほんとうはテレビを観ていたい、と愚痴る母を「もうもう」となだめながら、「まあまあ、やで」、「さあさあ」と手を引いてふたりで鏡台の前に座った。古くなった母の口紅で角《つの》と牙を描いた。父の腹巻きをつければ一気に鬼らしさが増した。

「純子ちゃん、そんなんどこから出してきたんっ」

目くじらを立てる母は、角や牙がなくても鬼になれた。

集合場所には小さな鬼たちが大勢集まっていた。「ほな、餓鬼どもいくで」じいさんがいって、どんどんどん。うちわ太鼓を打ち鳴らした。

「ひぃのぉ〜よぉ〜うじんっ」

純子が叫ぶと母が強く手を握った。

「今日は〝わるい子はいねえか〟っていうん」

どんどんどん。わるい子はいねえかー。小さな鬼たちは、近所の家を一軒一軒、ひやかしてまわった。

「鬼は外ぉ、福は内ぃ」母は誰よりも多めに子どもたちから豆を投げつけられた。いちばん鬼に見えるからなのよ、と純子がからかうともっと鬼らしくなった。


近頃、純子の皿の端っこには、焼き魚の白身部分が残るようになった。すきなのは黒いところで、白身は食べなかった。父がいたときは野球中継を注視する目を盗んでとなりの皿へ白身を移していた。だけどもう皿がない。母は黒いところはいいから白身を食べなさいという。きれいに食べなければ、食後のお菓子を認めてくれなかった。

純子が白身の処分に迷っていると、母たちはテレビのチャンネルでよくいい争いをはじめた。母はニュース、鏡子は男性アイドルが出演している番組、祐子はお笑い番組が観たかった。野球中継に固定されていたチャンネルを三人は奪い合った。

息を止め、白身を口に含んだ純子はこっそりリビングを抜け出して泉池へ向かった。鯉は白身もぜんぶ食べた。

節分が終わってからしばらくのあいだ、思わぬところからひょっこりと豆が出てきた。洋服のポケット、靴のなか、縁側にも落ちていた。純子はふうふうしてから口にふくんだ。もうひと粒、食べようとして母の視線に気づいた。ぺっと庭へ吐き出し、「お父さんの真似」。

父の真似、が気に入らなかったのか、母は何もいわずにため息だけを落とし、その場から立ち去った。

それまで母の顔に薄く張っていた笑みは、いつのまにか消えていた。天気がよいだけで笑うようなことも、もうなかった。

＊

畦道《あぜみち》を歩いていると、バッドボーイに遭遇した。

純子を見つけた少年は改造自転車から降りて、持っていた木の棒を向けながらどこに行くのかと訊ねた。

「バス停」この日も伝言ゲームの練習をするため家を出たが、早く出発しすぎたので遠回りの道を選んだ。「へえ」というつまらなそうな返事がくる。彼は常におもしろいことを探している。そういう意味では自分と共通点があると純子は思っていた。

「そのイチゴ柄の服、ステキですねえ」少年はわざと上擦ったような声を出してほめた。田んぼの泥をかき回していた棒で、純子のワンピースをつつく。

「ありがとう。お母さんに買ってもらったやつなのよ」

「へえ」

「つーかさ、寒くないの」彼はダウンジャケットを羽織り、耳当てをつけている。よく見ればときたますれ違う町の人もみんな厚着だ。でも寒くはなかった。快晴の日はワンピースを着たくなる。

ちょっとおれの自転車押してくれよ、といったバッドボーイは了承を得る前に自転車を倒した。純子は慌てて空のハンドルをつかむ。

身軽になった少年は純子の身体を隈無く観察しはじめた。今日も彼は純子のなかからおもしろいことを探している。

「スパイごっこみたい」

「はあ？　なにそれ」

「純子が偉い人で、きみがボディーガードなのよ」

あんたを狙うのがおれの役目だよ、といって少年は石ころを蹴飛ばす。

「それよりさ、あんたを田んぼへ突き落としたらおもしろいかも」

純子を見るバッドボーイの瞳孔が、かっと見開いた。

「もっとおもしろいことあるよ」

「なに」

「かくれんぼ」

つまんねー。バッドボーイは大げさにうな垂れた。

そのとき、がしゃんと音がした。「うーわ、やってくれるね」

純子の手から離れた少年の自転車が派手に倒れた。田んぼにいた白鷺に見とれているうち、純子の手は人の自転車を押していることを忘れてしまった。「ああ、ごめんね」

倒れた衝撃でどこかのネジとスプリングが外れたみたいだった。「つーかさ」ばらばらになった部品を握りしめながら少年が滔々《とうとう》と語ったのは壊された自転車に対する恨みではなかった。つーかさ、何であんたは仕事に行ってないの？　おれにはあんたと同い年の姉ちゃんがいるけどさ、朝早くに仕事いって夜遅くに帰ってくる。何であんたは一日中庭で絵描いたり、ひとりでしゃべったり、船浮かべたりしてんの。どうせ自転車を弁償する金もないんだろ。ふつうあんたの年じゃ、みんな金を稼いで生活してるんだぜ。井の中の蛙《かわず》じゃなくて、瓶のなかのオトナだな、あんたは。

「この前ね、祐子ちゃんに、きみたちにいじめられてるんじゃないっていわれたのよ」

相手の長い文句のあとに純子が返した言葉はそれだった。少年は純子のまっすぐな瞳から目を逸らし、頭をぐしゃぐしゃにかきむしった。

「あんたほんとにイカれてる。いじめられたことをそんな顔でそんなふうに話すやつなんていないだろ、ふつう」

ふつう、というのが少年の口癖のようだった。調子狂うわまったく、と吐き捨てながら少年は、姉ちゃんに直してもらうという自転車を押して立ち去った。「バイバイ」

バス停には白いおしりが停まっていた。

「乗ったか」、「乗った」。

純子のワンピースについていた泥を見た父は、エンジンをかける前にもうひとつ訊ねた。

「どした」

「うん」

「何じゃ」

「人参二個、お母さん買ってきてって。あと田んぼに白鷺おった」

そうか、といい、父はエンジンをかけてアクセルを踏んだ。


「いや、ですからね」若い研究者はため息をついた。

ピーラーで剝いた大根の皮に似ていたので、純子は白井《しらい》さんと名づけることにした。

純子の目の前の皿にはレーズンバターサンドがピラミッド状に積まれている。積んだのは純子だったが、くれたのは白井さんだった。

「以前、納品いただいた九十径の並ロートは先端に欠けがみられたんですよ。聞いておられますかね」

鼻先に積まれたレーズンバターサンドが輝いて見えた。魚の白身を残すようになってから、母には食後のお菓子を禁じられていた。こんなところで出会えるとは思ってもみなかった。こんなところとは、官公庁の研究所内だ。

「それからガス分析装置の木箱、予定では本日お持ちいただける約束でしたよね。私にはほかの仕入れルートもありますが、そちらの製品は木箱が両開きでないので不便という事情もあり、おたくのものを買っているんです。ちょっと聞いておられますか」

飽きるほど眺めて口のなかが唾液でいっぱいになってから、純子は頂点のレーズンバターサンドを頬張った。噛むとさくさくのビスケットからバタークリームが飛び出て舌の上でとろける。埋もれていたレーズンの甘味と酸味が遅れて弾けた。

「それから梱包についても再三申し上げていますが、緩衝材は新聞紙ではなく気泡《ぷちぷち》緩衝材か発泡スチロールをご使用いただけませんか。新聞紙はどうにも汚らしいのですよ。聞いておられますか」

一個めを食べているとき、こんどは違う食べ方で味わおうときめていた。上側のビスケットを外し、そいつでクリームとレーズンを掬いとる。食べ方を変えれば不思議と味が違って感じられるのだ。

「ちょっと、聞いていますか」

聞いてるんですか、ミシマさんっ。白井さんは声を荒《あら》らげた。

「ハイッ」

大好物をもぐもぐしながら、純子は一等兵みたいに返事をした。

白井さんは急にお腹を押されたように「おっ」という顔をして、少し顔を赤らめた。

ぽりぽりとかゆくない後頭部を搔く。

「お嬢さんのことじゃないんですよねえ」

「純子も」もぐもぐした。「まだ」もぐもぐ。「ミシマさんです」

まだ、のところで椅子に腰かけていたミシマさんがチラと純子の方を見た。

レンガ造りの立派な建物に入るとき、父の背はニョキッと伸びて、千鳥足はたしかな足どりに変わった。人の目を見て話し、相づちをうち、並んで歩いた。目の前の背中はもう、ミシマさんに変わっていた。

建物のなかで行き違う人の多くがその姿をみとめたとたん「ミシマさん」と呼び止めた。そのたびにミシマさんは立ち止まって彼らと会話を交わし、あれやこれやの要望に耳を傾けた。後ろに立っていた純子にミシマさんの表情は見えなかったが、話し相手はどの顔も笑っていた。おどろくほど顔の広いミシマさんは最後にこの部屋に行き着いたのだ。

純子はこのときはじめて白井さんの顔を見た気がする。よく見ると若々しく、おそらく鏡子と同年代と思えるほどで、それはミシマさんと親子くらいの年の差があることを意味した。

ほんとうは入室したとき、たしかに白井さんを見ていたはずだけれど、いきなり目の前に大好物を供されたおどろきで、それ以前の記憶が飛んでしまった。純子には、レーズンの前と後で意識が分断されることが稀にあって、そんなときは満腹の腹をさすりながら、レーズン以前の記憶の照合につとめなければならなかった。

たしか白井さんはほかの人と同じように、ミシマさんに要望を伝えていたはずだ。ただ違ったのは、白井さんの顔が笑っていなかったことだ。純子がそこまで思い出したところで、ミシマさんがこの部屋に入ってからおそらくはじめて口を開いた。

「おしめ替えてやってたときもおんなじ顔でわーわー泣いとった、変わらんのう」

白井さんは先ほどよりも強めにお腹を押されたみたいに「おっ」という顔をした。

「な、なんです、急に」

「なんべん替えてやったかなあ。あんたの親父とは同級生で、あんたの祖父《じい》さんもよく知ってる。親父さんには逝く前、ウチの倅《せがれ》が同じ道へすすんだときはよろしく頼むといわれたんだぜ」

ミシマさんはいつになく饒舌だった。

白井さんは見る間に顔が赤らんで、こんどはほんとうに全身がかゆくなったみたいに身体を揺さぶりながらうろたえた。

ビスケットのスプーンでレーズンバターをこそぎとりながら、純子はふたりのやりとりを眺めることにした。

「親父さんも研究職だったが企業勤めで、それが性に合うといって毎日シャツにジーンズだった。あんたもあとを追ったが、行き先はお役所でいつも高そうな背広にタイを締めてるなあ」

ミシマさんはにんまり笑った。

「そ、それとこれとは関係ないでしょう」

「関係ないなあ。でも高いシャツで隠しても、俺はあんたの青いケツを見てるんだぜ」

「そっ、それこそ関係ないことだ」

「関係ないなあ。だけどあいつも俺がいきゃあ、出涸らしの不味《まず》い茶くらい出したもんだぜ」

すみません、とこんどは素直に謝り、いまさら茶を淹れようと動いた白井さんを制した。

「謝ることはない。茶もいらん。けどな、並ロートのそれは傷じゃなくて、こしらえるときにできた泡だ。何百個とつづけてつくるとたまにそういう瑕《きず》もんが出る。実験に使うぶんに支障はないが、こっちの技術不足だから無償でとり替えよう」

すみません、と白井さんはまた謝った。萎んでいく風船のようにしょんぼりと肩を落としている。おしりを見られているとあんなふうになるのだろうか。純子はレーズンを噛みしめながら考えた。そういえば自分はミシマさんにおしめを替えてもらったのだろうか。

「純子のおしめは替えたことあるん」

気になるので訊いてみた。

「ない」

即答だった。ミシマさんはすぐ白井さんに向き直った。

「それから梱包についてか。最近の若い研究者はみんなそろってきれい好きだ。だから緩衝材も手の汚れないもんにしてくれという。なにもあんただけじゃないから安心しな。わしらはむかしから硝子もんは新聞紙で包んできた。なんでかわかるか？　新聞紙には油が含まれていて硝子を守るのに相性がいいからだ。なんでも理由があるのさ」

こんなにしゃべるミシマさんは見たことがなかった。純子の視線は手許のレーズンバターとふたりのあいだを忙しく行き来した。

お父さんは何と相性がいいん、といった純子の言葉は流された。

「ガス分析装置の木箱に関してはこっちがわるい。忘れてた」

あっけらかんというミシマさんに、白井さんは「はあ」と返した。

「ないよ」歯と歯のあいだに挟まったレーズンの皮を舌の先でとり除きながら純子は

いった。「ない」

　おまえ、また――と実際にはいわなかったが、ミシマさんは純子を見て、レーズンの酸味が移ったみたいに顔を歪めた。

「米屋のばあばにあげたもん。裁縫箱の代わりにするんだって」

　ばあばも白井さんと同じく、木箱が両開きなのが使い勝手がよいとよろこんでいた。

　ミシマさんは結局何もいわなかったけれど、その代わりにピラミッド状のレーズンバターサンドをひとつ残らず純子からとり上げた。

「あかんー」と純子が頬を膨らませると、

「わしもばあさんにあげるんじゃ」とミシマさんはしらを切った。

「ぷっちーん。もう、切れたもんね」

　効果音で盛大に怒っていることを示した。

　でも大人たちはまたふたりで話しはじめる。大好物がなくなってしまったその場は、純子にとってとたんにつまらないものに変わってしまった。

「探検しよ」ふたりを見ながら椅子から降りた。「探検」もういちど聞こえるように宣言したから止められるだろうかと思ったけれど、ふたりは背を向けたまま話し込んでしまった。それなら宣言通り探検するしかない。

顔を上げてみて、研究室が思ったよりも広かったことを知った。とどのつまり、レーズン以外は何も見えていなかったのだ。

背の高い作業台をするすると抜けて奥へすすむと、天井まで伸びるこれまた背の高い書架が何棟も並んでいた。しかも床にはレールがついている。ちょうど人ひとりが入れるくらいの隙間に入った。

そういえば純子の家にもこんな隙間があった。母屋の側壁とコンクリートの外壁に挟まれて、大人ならカニ歩きでしかすすめない窮屈な道筋だった。それは工場へ侵入するときのルートで、生ごみ用のでかいごみ箱を飛び越え、よく雨水が溜まっている頭上のブルーシートをかいくぐり、ひらけた曲がり角まですすむと緑色のカラーバットを構えた一本足打法の案山子《かかし》が立ちはだかるのだった。「案山子はみんな一本足でしょうに」と母がつっこんだそいつは左打者で、ジャイアンツのユニホームを着せられていた。足許に張られた釣り糸を切ってしまうと案山子はスポンジバットをフルスイングする。

案山子のあとには、牡蠣の殻や動物の骨を麻糸でつなげた父特製の魚形モビールが吊されていた。触れるとカラリカラリと音が鳴り、侵入者の存在を母に知らせる。純子ちゃんが残した魚さんがお化けになって出てきはったんやわ、と母はうそぶいた。

漂流物収集家《ビーチ・コーマー》である父は、近くの浜辺に流れ着いた漂流物をよく持ち帰ってきた。どんな目的があるのかは父にしかわからない。巣作りに励む動物のように、拾ってきては庭や工場へためていく。モビール以外で何かに使われた痕跡はいちどもない。「お父さんがまたきしょくわるいもの拾ってきた」と母が憤っても聞く耳を持たなかった。父はいちど、「浜辺の清掃活動に多大な尽力をした」と市長から賞状を読み上げられ表彰されたことがある。

母は洗濯物が干せなくなるほど大笑いした。「それはないわ」

当の本人も迷惑だと感じたのか、贈呈されたばかりの賞状はすぐごみ箱行きにした。「何でごみ拾って賞状捨てるかね」母は呆れた。純子も思い出し笑いをしたらおでこが書架を直撃した。「いったー」

収められた本はどれも電話帳くらい分厚いものばかりだった。試しに一冊手にとってみたけれど、重いだけでおもしろそうではない。もどそうと思って持ち上げるところがなかなか難しい。上から下はいけたのにその反対はうまくいかない。「えーいっ」叫びながらトライしても純子の細い二の腕はぷるぷると震え、一冊だけ空いているもとのスペースにはうまくはまらず、本の角があっちこっちに当たるだけだ。諦めて床へ置いた。そして靴を脱いで本の上へ立った。目線がぐんと高くなる。「小さいお姉ちゃんの背」と口ずさみながらやると思いのほか楽しかった。また一冊抜きとって、重ねて置いた。こんどは「大きいお姉ちゃんの背ぇ〜」だ。語尾を伸ばすと楽しさが倍増することがわかった。次は「お父さんの背ぇ〜」高さが増すにつれてバランスを保つのが難しくなってくる。「お母さんの背ぇ〜」でももう少しは大丈夫そうだ。

だが「ベー・ブルースの背ぇ〜」と純子がいったとき突如、書架が唸り声をあげて動きはじめた。しかもまずいことに純子の方をめがけて移動していて、隙間はどんどん狭くなっていく。「ベー・ブルース、しぬー」もう猶予はないと思ったとき、かちゃりとボタンを押す音がしたと同時に書架は動きを止めた。

「おまえ、何やっとんじゃ」

純子を見上げるようにして、父が入り口の方に立っていた。

「探検」

帰るで、と父はいった。

白井さんに別れを告げようとしたタイミングで、父は急に「あるわ」と何か思い出したようにいった。「何が」と純子が訊くと、「おしめ」という。母が稽古事でどうしても一日中家を空けなければならない日があった。祖母が風邪で寝込んだ不運も重なって、父は純子のおしめを替えた。

「そのときおまえはでかいうんこしよった」

しょんぼりしていたはずの白井さんがくすくすと笑った。

恥ずかしくないよ？　純子が首を傾げると、そりゃあ親子だから、と白井さんはいった。それで、「純子もまだミシマさんです」この日二回めの台詞を口にした。

「ほんでこれが二回めじゃ」父は白井さんからもらったウエットティッシュで純子のワンピースに付着する泥を拭いた。

「これはうんちと違うのよ、まったく」

父の方こそ色とりどりの汚れが服にこびりついている。この泥だって、父の軽トラから移されたのかもしれないと純子は憤った。

『お父さんは白井さんのおしりを拭きました。ついでに純子のも』

帰りの車中で、純子は自由帳に書き記した。軽トラは徐々に家の方へ近づいていく気配があった。早く帰って空腹を満たしたい反面、純子は何かを忘れているような気がしてならなかった。いつもは閑散としている駅前のロータリーは混雑していた。バスの停留所とタクシー乗り場に行列ができている。

「人身事故やな」と父がいったのを契機にひらめいた。

「人身事故！　お母さんに人身事故買ってきてっていわれた」

「いくらもってきた」

「二百円」

「足りんな」

「うそやー」

仕方なく自由帳に書き加えた。『人身事故は高い。二百円じゃ買えません』

バス停で降ろしてもらい、柿の木を目指した。

「もぅーいぃーよっ」思い出してふり返ったときには、もう白いおしりは見えなくなっていた。

＊

この前、機長《キャプテン》があたらしいヒコーキをくれた。

ジュンコ・ミシマ号は、たったいま縁側の滑走路から、充分すぎるほどの助走をつけて離陸した。ぴんと張った両腕の主翼が揚力を得る。背伸びしたぶんだけ機体が浮き上がる。上昇中。邪魔なサンダルはすこーんとあさっての方向へ蹴り飛ばした。ひんやり冷たい土の感触が足の裏を刺激する。でも純子は飛んでいるから関係ない。

「ごーごるごー」ジェットエンジンが轟く。ラダーはおしりだ。右へ大きく旋回する。ゆったりと鼻先で風を切りながら。

十二時の方角に柿の木が急接近した。「右へ曲がりまーす」いまのはトラックみたいだと気づいたので、ちょっともどってやり直した。「ターンしまーす」急旋回だってお手の物だ。

「シートベルトをお外しくださいー」機長は操縦桿から手を離した。自動操縦モードに入って少し休憩。ほんとはゆっくり歩いてる。地上の様子を見下ろした。右足が花を踏んづけている。「げっ」と思ったら左足も。

「ぴぴぴっ」レーダーが障害物を捉えた。操縦桿を握り直す。

影の正体は〝キョウイ・クカン〟という怪物だった。そいつは父と母のいい争いから生まれた。ほんとうはいつものように母が一方的に父を責めていたのだが、そのときなんども口にされたのが「教育観」だった。それがどんなものかイメージできなかった純子の頭のなかで、キョウイ・クカンは恐ろしい怪物へと育っていった。

危ない、ヒコーキは右へ旋回する。ぐちゃっと右足が柿の実を踏みつぶした。「やるねえ」ちょっと父のいい方を真似る。クカンはまた柿を投げつけてきた。こんどは左へ。ぐちゃぐちゃっと左足が連続で柿の実を踏む。「うぉおお」つるつる滑る。機体が大きく揺れた。「こんなこともあろうかと――」ジュンコ・ミシマ号はミサイルを積んでいた。クカンの身体をしっかり捉えて狙いを定める。

「ミサイル発射ぁー」トリガーを引く。「ぷしゅあー」口でいう。

ミサイルはクカンを見事に撃退する。「純子機長お手柄ですっ」

拍手が鳴り響いた。やあやあと聴衆の歓声に手をふり返したとき、左足がまた柿の実を踏んづけた。そのままくるっと回ってバランスが崩れた。視界が空、地面、空と烈しく切り替わる。そのあと、どんなふうに飛んだのか知れない。気づくと純子は何かとても大きな障害物にぶつかった。きゃあと悲鳴が聞こえた先に、泉池に落っこちた着物姿の母がいた。

飛沫をあびてぬかるむ池の縁から純子は手をさしのべた。母はとても重かった。怒っているから重くなったのかもしれない。陸にあがった母からは音が鳴るほど水が滴った。何もいわずに母屋へ引き揚げていく。ナメクジが曳《ひ》いたような跡が伸びた。

どうして母が池の前にいたのかを純子はしばらく考えた。

「死んでる」

泉池の鯉が死んでいた。裏返ったボートみたいに下腹をみせて浮いていた。「お母さんの、のしかかりで死んだ」

なんでやの。頭上から重たい言葉が降ってきた。いつの間にか純子の後ろに着替えを済ませた母が立っていた。

「純子ちゃん、ちゃんと餌あげてた？」

「お母さん、餌あげてた？」

「いまはお母さんが訊いてます」

あげていた。魚の白身を。でも、何日も餌を与えていない日があったかもしれない。

「何で死んだのよー」

純子はしゃがみ込み、訊ねるように腹部をつついた。鯉は少しだけ水中に溶け込んだが、次の瞬間には諦めたように浮き上がってきた。水面との距離が近づくと、腐敗臭が鼻をついた。よく見れば、水も深い緑色に濁っている。父が手入れをしていた頃は、水面に浮いた紅葉が水底に影を映すくらい澄んでいた。池の水は、どことなくとろみまでついているように見える。

「鯉さんはごみ箱にされたから死んでしもたんと違う？」

さっき母を突き落としたことよりも、もっと遡ったところにある問題を叱られているような気がした。母はつづけた。

「死んでるのは鯉さんだけと違うねん」

純子の足許で、庭の草花が死んでいた。へたくそな押し花のように潰れて寝ていた。踏んづけてしまったものもあれば、命をまっとうして枯れた花もたくさんある。これまであまり枯れた花を見なかったのは、やはり父の手によるものだったのかもしれない。鼻の穴をめいっぱいひろげて息を吸い込んでも、花の匂いはどこにもない。山から吹き下ろした風が運ぶのは鯉の死臭だけだった。

これもいい加減どうにかせんとあかんわ、といって母は潰れた柿の実のヘタを摘みあげた。

「剝いたら純子食べるよ」

「お腹こわすしやめとき」

ときどき大事じゃないものをそう扱うみたいに、母は柿の実を地面へ放って返した。それからじっと柿の木と対峙した母は、あの木お父さんに似てる、ともらした。ぽってりとした根元。そこからにょろにょろと伸びる幹。雨に濡れたような毛色の樹枝。細く、いまにも折れてしまいそうな梢。そして全体にまとう陰鬱な雰囲気。遠くから見るとたしかに猫背の父が立っているように見えなくもない。

切ってしまおっか。母はわざとみえみえの明るい表情をつくる。純子はぶんぶんと首を横にふった。あの木はみんなの待ち合わせ場所だ。それに家まで歩いて帰ってくる際の目印でもある。それにそれにあの木がない庭は想像できなかった。

だめだめだめだめ。ぶん、ぶん、ぶん、ぶん、首をふった。ふりすぎて目が回って、池に落ちた。

目が覚めると純子は布団にいて、朝が来ていた。

山盛りの洗濯物を抱えた母がなんども縁側を往復している姿が目についた。

おどろいた。母は父のパンツやTシャツを干していた。何回も洗いすぎて色落ちしたパンツと首元のよれたTシャツだ。

「純子ちゃんも手伝ってー」庭で母が呼んでいる。

走って縁側へ出ると、花に似た香りが鼻先をかすめた。いつもは一本だけ出されている物干し竿が板塀に沿って何本も並んでいる。

カーテンみたいだった。つるされた大量の洗濯物が花の代わりに柔軟剤の香りを放っていた。

「お父さん、帰ってきた？」

「お母さんと鏡子と祐子と純子ちゃんのぶんだけやったら足りひんから、お父さんのも干した」

もうすぐ着付け教室の生徒が来るのだと母はいった。純子の思ったとおり、洗濯物は汚れた庭を隠すためのカーテンだった。

　バロバロの門でお客さんを出迎えた。工場までの道すがら、母は常に生徒たちに話しかけ、視線がどこかへいかないように努めた。こんなにいいお天気なら私も洗濯物干してくれればよかった、と誰かがいった。ほんまに、とほかの人が賛同した。ぎゅっとたぐり寄せていた視線が解けたのは、その洗濯物の向こうで「にゃー、にゃー」と何かが呼んだときだ。シーツに猫たちのシルエットが浮かんでいた。あれ涼子先生、猫なんて飼われてはりましたか。誰かが訊いた。母が答える前に、こんどは「かーかー」と何かが啼いた。シャツはカラスの輪郭を映した。カモ？　と誰かが見当違いなことをいった。

　純子はこっそりシーツの向こう側を覗いた。猫たちはどうすれば池の鯉に手が届くか作戦会議をひらいており、カラスは柿の実に嘴《くちばし》を突っ込んでいた。だがすぐに母に呼ばれ、輪のなかへもどされた。

　再び視線を束ねるべく、母は生徒たちに夢を語った。折りよく離れが空いたこと。そこを新しい教室にすること。衣装棚をたくさん設けること。涼子先生素敵です、誰かがいうと、ほんまに。ほんまに。ほんまに。母の後ろを歩く生徒がつづいた。

　ほんまに、といっているあいだに工場の前へたどり着いた。もう目隠しの洗濯物は何もないから、純子はすぐにそれが何かわかった。

「にゃーにゃーとかーかーの次はぶんぶん」

入り口の庇の下に、大きな蜂の巣がぶら下がっていた。

「もう花ないよー。だから蜜もないよ」

純子のでかい声に誘われて、巣から一斉に蜂たちが出てきた。異常に大きな羽音に大人たちの足は止まった。「お母さん蜂、蜂がおるのよ」、「わかってるから、静かになさいっ」、「涼子先生、蜂も飼ってはったんですかっ」、ほんまに、ほんまに、ほんまに。そのまま一同はじりじりと後退して、純子以外は箕島家から出て行った。


「よっこいしょ」

鏡子と祐子のあいだにむりやりわって入り、純子はテーブルの前に座った。レーズンバターサンドを積んだ皿を置く。

「これを、食べます」唾液どぼどぼの口で宣言した。

「ちょっとなんでわざわざこっち来るの」鏡子は眉をつり上げ、

「純子あっちで食べてよ」祐子はうっとうしそうに手で払った。お母さんが買ってくれた。訊いてないし。ふたりは口をそろえる。

母が久しぶりに大好物を買ってくれたわけは、純子が池の鯉をきれいに始末したからだった。レインコートに身を包んで池に入り、虫とり網で鯉掬いを楽しんだ。でも純子がやったのはそこまでで、池からあがると、待ち構えていた猫たちが獲物をずるずる引きずりながら持ち去っていったのだ。以前に難破した帆船は見つからなかったが、おかげで大好物にありつける。うれしくてたまらなかった。

どうして食べようか。手にとってよく眺めた。さっさと食べなって、という鏡子と祐子のススメは聞き流す。ひとつめはふつうに食べよう。ふたつめは掬って食べるのだ。みっつめはどうしよう。考えただけで唾液があふれた。うれしくてうれしくて、熱が出た。

目が覚めると、枕元に母がいた。今日は着付け教室がある日だった。母は純子の額に手の甲をあてて、

純子ちゃん、信じられへん。とたいそう嘆いた。

張りつめていた外気が少しずつ緩みだした頃、純子は厚手のセーターを箪笥の奥深くに仕舞った。すると翌週、最後の寒波が押し寄せた。いちばん下にあったセーターは、手をつないでいるみたいに上の服をぜんぶ道連れにして出てきた。

箕島家の母屋には三十センチを越える雪がひと晩で降り積もった。みしみしと屋根が鳴った。雪下ろしをあとまわしにすればするほど、苦しそうなその音はボリュームを増していった。

「大黒柱がないから重みに耐えられへんかもしれへん」

いつまでも炬燵《こたつ》から離れようとしない娘たちの腰をあげさせるべく、母の独り言も大きくなった。

高い棚の扉を開けた母が、純子ちゃんレーズンバターサンド減ってるねえ、と純子の注意を引いた。

「シャキーン」拳をふりあげ、勢いよく立ち上がった。その言葉を聞くと力がみなぎってくる。純子は母とふたりで雪下ろしを行うことにした。だが、どちらもスノーシャベルや梯子や長靴の場所がわからなかった。お玉で掬う？　そんなペースやと何年かかるやら。そうこうしているうちになんとかシャベルと梯子は見つけた。

父がよく鏡子のブーツを長靴と間違えて履いていたことを思い出した。ロングブーツは純子の足には大きすぎたけれど、おしりのすぐ下まですっかり防護してくれた。

「ブーツ星人」と母が呼ぶので、「シャキーン」と拳をふりあげたら、握りしめていたシャベルが靴箱の上の花瓶をなぎ倒した。何年かかるやら、と母がいった。

あんじょう登りや、しっかり握って、はい次右足載せる、次左足、ちょっとこっちふり向かない、シャベルはあとから渡すから。よそ見しない。下から母に操られて純子は屋根の上に登った。登ったのは純子なのに、なぜか母が疲れていた。

ふわふわに見える新雪はずしりと重かった。面の広いシャベルを雪原に入れて掬い上げ、身体を捻って地上へ落とす。ただそれだけの単純作業だが、手や腕だけでなく全身を酷使する。

飽きた。

それで、母の目を盗み雪玉をつくった。

「もっとレーズン食べたい」

不満をつめた雪玉を地上にいる母へ投げつけた。雪玉は母の足許でぱんと弾けた。

「なんか入れたな、純子ちゃん。石か？」

「ふまん」

そんなんやったらお母さんもごまんとあるわ。母も負けじと雪を握った。いつもおにぎりをつくっているだけあって手慣れている。「もっとお母さんのいうことを聞きましょう。好き嫌いもなくしましょう。周りをよく見て行動しましょう」母の投げた雪玉は純子のひざ小僧に命中した。でもブーツがあるから痛くない。

「効かん」

「聞け」

「効かん！」

「聞け！」

「き、いったー」

予期せぬ方向から飛んできた雪玉が純子のお腹を直撃した。

「私のブーツ返せっ」いつのまにか表へ出ていた鏡子が腕組みでこちらを睨んでいる。

鏡子の雪玉は母のものより硬かった。

「それから私のリップをクレヨンの代わりに使わないこと」

仕返しのために純子が新たな雪玉を握っている最中、「痛っ」とこんどは鏡子が叫んだ。

「まだ投げてないのよー」

「痛っ、なに、ちょっと、お母さん」

母が鏡子を的《まと》に定めていた。「あんたはもっと家のことにも気をまわしなさい。それからその殺生な茶色《あか》い髪もなんとかせなあかんわ。誰も嫁にもらわん」

嫁にもらわん。鏡子は、純子がいわれたことのない文句をぶつけられていた。阿波踊りでも踊るような格好でひらひら逃げていた鏡子もさすがに癇に障ったのか反撃に出た。「私は仕事が忙しいの。それに家のこともやってるから、風呂掃除、電球替え、部屋の掃除……あーもう数え切れない。痛っ」

母と鏡子のあいだに無数の雪玉が飛び交った。純子はへへへと笑いながら、高みの見物をきめることにした。

「痛っ」ふたりが同時に叫んで、そろえたようにふり返った。視線の先に祐子がいた。

「うざい、あたしの安眠を奪うな」

祐子が投げた雪玉を母は軽くいなした。

「祐子ちゃんは相変わらず言葉遣いが乱れてる」

「うざざざざ」

「それや！　そういうのよしなさい。純子ちゃんが真似するやろ」

祐子がじろりと屋根の上を睨んだ。「おーい、単純子、真似するな。家のなかでレーズン食べるのも禁止っ」

三人がいい合っているうちにつくった雪玉を純子は投げ下ろした。かちこちのやつだ。たんこぶができるだろう。母と鏡子と祐子を順に狙った。四人が一斉に投げ合いをはじめてからは言葉を挟む余地もなくなった。お互いが黙々と不満をぶつけ合った。

雪玉は徐々に硬く速く大きくなった。坂道を転がる雪玉みたいに肥大していき、喧嘩に近い雪合戦はしばらくつづいた。

やがて母、鏡子、祐子の順で体力が涸れた。三人は大の字になって仰向けに倒れる。純子はシャベルで掬った雪塊を三人めがけて投げ下ろした。


春が来て、雪を溶かした。白くてきれいだった雪化粧は、泥砂混じりの黒ずんだ景色に変わった。

雪の下から荒れ果てた庭が出てきた。箕島家そのものが押し入れになってしまったようだった。

春が来たというのに、庭の花は一輪も咲かなかった。

＊

朝霧がかかる庭で「しかく」と「さんかく」が闘っていた。

純子は仏間で目を覚ました。突っ伏していた文机《ふづくえ》にはよだれがついている。慣れない霞み目でぼんやりと窓の外の風景を眺めた。町も人もまだ眠っているような時間で、辺りは静かだった。

暁《あかつき》の光がふたつのおぼろげな輪郭を縁どっていき、やがて「しかく」はマングースに、「さんかく」はハブに姿を変えた。

シャーシャーという音をたててハブが相手を威嚇した。

チッ、チッと短く高い声で鳴くマングースが迎え撃つ。

ハブは緩急をつけた動きで挑発するようにマングースの周囲を旋回した。マングースは動じず、相手が静止したところに飛びつく。ハブはぎりぎりのところで身を躱し、昇り龍のように軀を高く起こすと猛毒を吐きかけた。

ふたつのシルエットは互いに牽制と威嚇を交えながら、ひとつの輪郭になったりふたつに分かれたりを繰り返した。

半時つづいた死闘はハブに軍配があがったかに思われた。マングースは序盤の攻勢から一転、体力を失い動きが鈍った。防戦を凌ぎきったハブは時機をつかみ相手の軀幹へ巻きつくと一気に締めあげた。無防備な喉元へ牙を向けた瞬間、ぱっと息を吹き返したマングースの右前肢がとどめの一撃を払い除けた。

こんどはハブの意識が絶えた。空気が抜けきる直前の風船みたいな軌道でぐるりと円を描き、ぱたりと落ちる。頭を押さえつけられたハブは見る間に動きを失いおとなしくなった。

　気づけば朝霧が晴れ、陽は高く昇っていた。

　獲物を捕らえたマングースがゆっくり母屋へ向かって歩いてくる。「やれやれ」とでもいいたげな動きは人間の所作へ変わっていく。目が慣れてきた。

「お父さん！」

　マングースはずぶ濡れの父に、ハブは暴れん坊のホースに変わった。ちっ、と舌打ちをした父は床を濡らしながら浴室へ消えた。

「お母さん！」

　ドタバタと足音をたてながら母を探した。和室で純子の破れたスカートを繕っていた母は針を持った手で耳を塞いだ。

「純子ちゃん大きい音たてません」

「お父さん！」

「わたしはお母さん」

「ちゃう、お父さんいるのよ！」

「そりゃ、いるやろうに。お父さん」

「うそやー。もどってきた？」

「へえ？」と母はみえみえのとぼけた顔で知らんふりをした。

　きたきたきた。ささやき声にしてはでかすぎる声で純子はいった。

　縕袍とステテコ姿の父が、昼食でふくれた腹をさすりながら縁側へ現れた。食ったくったという代わりにおなかを二度叩く。太鼓みたいな音が響いた。

　父は老眼鏡を額にかける。気味のわるい唸り声を発しながら短い腕を折り曲げて横になった。食事を終えた肉食獣と同様に、もう動く気はさらさらない。

「純子ちゃん、手がとまってるやない」

　純子は仏間に母を誘い、一緒に冬物の衣類を畳んでいた。見ることに集中すると、厚手のセーターを折り畳む手がおろそかになる。衣類は小高い丘のように積まれていて順番を待っている。

　しかし純子にはどうしても母に見せたい光景があった。

「お父さんはミシマさんのとき、人の話を聞くの、知ってる？」

　伝言ゲームの練習のときに見た父の姿がまだ脳裏に焼きついていた。自由帳では伝えられない。母は、知らんなあ、と興味なさそうに答えた。目は手許にあり、純子が一枚畳むあいだに五、六枚を片付ける。急に仏間に入ってきた鏡子が私の帽子知らん？　と訊ねたときも同じように知らんなあといった。

「並んで歩く」

また母とふたりきりになると、純子はいった。

「何え」

「ミシマさん。人の目も見る」

「純子ちゃんはお洋服を見て」

母は端《はな》から聞く気がないようなそぶりだった。まるでこの世に存在しないもの、幽霊か何かの存在を伝えているようだった。でも実際そうなのかもしれないと純子はセーターの袖口をただしながら思った。母の世界に、ミシマさんは存在しないのだ。仏間は静かになった。雪見障子の向こうに覗く世界では父が片肘をついて寝ている。

南東の方角から黄色い声が聞こえた。さざ波のような音は徐々に収束していき、やがて園児たちが丘へ押し寄せた。

「いるやん！」、「久しぶりー」、「でもまた寝てる」

遠くの方で不満が募る。

そんな声などつゆ知らず、父は充分な時間をかけて、梅干しの種をころころした。ころころころころころ。ころころころころころ。

「ぷっ」一瞬、風が止んだ隙間に種が弾け飛んだ。

「飛んだぁ」、「たまやー」、「新記録っ」

園児の声に押されて、種は見事、沓脱ぎ石を越えて土へ着地した。

頭を支えていない方の手がポケットをまさぐった。くしゃっとつぶれた煙草が出てくる。一本抜きとり、先端をとんとん叩く。

「ぽぅ」父は美味いのか不味いのかわからない顔で吸い、煙を吐いた。それから空を見上げた。何かとても重要なメッセージが書いてあるのだろうか、と思わせるほど、雲すらない空を眺めている。純子は雪見障子に近づき、首を曲げて空を見た。丘では園児たちも父につられて空を仰いでいる。何もない。

「お父さんやない」純子のうしろで母がいった。「いつもの」

おかしい。歯ぎしりする純子に、最後の衣服を畳み終えた母は「もっと伝言ゲームの練習せんとあかんね」といった。


「どういう手品?」

よく晴れた春分の日、縁側で絵を描いている純子に母が訊ねた。

せっせと家事をこなしながら、絵を描く純子の周りを行ったり来たり走り回っていたのだけれど、なんど目かの往復で、ぴたりと動きを止めた。重い掃除機を持ったまま、母の目はしばらくのあいだ純子と自由帳を行き来した。やっと重さを思い出したように純子の隣に腰かけた母は、もういちど同じことを訊いた。

「どういう手品？」

「何を」

「塗り絵か。そうか、そうやんね」

「何が手品なのよ」

「うますぎるもの、絵」

「え？」

「まさか」

「何が」

「これがいつも純子ちゃんがいうてる、船長？」

そうなのよと答えて、ほかにも描きためた船長や探偵や機長の絵をめくって見せた。ぱらぱらと動く自由帳に扇《あお》がれて、母の前髪がわずかになびいた。

数日経ったある日、メモ用紙を探す母に純子は四つに切り分けた自由帳のページを手渡した。ピーマン、にんじん、オリーブオイル。その日に買うべきものが書き込まれていった。こんだけやったかな、といってメモを持ち上げた母はそれが船長を描いた絵の裏紙だったことを知った。

「何でせっかく描けた絵をこんなにするん？」

メモにしたのは母だ。

「いっぱいあるからいいのよ」

「あかん」

「いいのよ」

母はしばらく考え込んでから、突拍子もないことをいった。

「ほな純子ちゃんの絵、コンテストに出してみようか？」

入賞すれば、賞金と高いお肉がもらえるらしい。

「どういう手品なのよ？」と純子が訊くのをよそに、母は船長の裏紙に「切手」と「茶封筒」を書き足した。


その日、リビングには野球中継が流れていた。

プロ野球の開幕戦で、解説者が今日からまた長いシーズンが幕を開けます、と力強くいうのが聞こえる。食卓には母の手料理が並んでいた。

鏡子と祐子が遅れて席に着いたのを見計らって、純子はいまさっき母にした話をもういちど披露することにした。

「それで純子が寝てたら、きゃーいいよるんよ。子どもたちが」

口にはポテトサラダが入っている。

「ほしたらお父さんいっかいどっか行って、着替えてきた。ぜんぶ白い服に。白クマやーっていうて、子どもたち」

誰も聞いていない。でもつづけて熱弁した。

「蜂やったのよ。屋根の下に巣つくってた蜂。お母さん覚えてる？　あれ。お父さんノコギリもって梯子登っていっぱつ。虫とり網のなかに落としたから蜂も無事。でもお父さん刺されたけど」

父は鯵のなめろうをぺちゃぺちゃ舐めながらテレビを観ている。母は小鉢のきんぴらゴボウを食べるのに集中していて、鏡子と祐子はスマートフォンを操作しながらご飯を食べていた。

「聞いてる？　みなさん」

聞いていない。春の陽気にふさわしくないムードだ。いつか母がいった精進落としの会食がほんとうはこんな感じなのだろうか。

「あ、帽子だけは黒かったけど」

口のなかにまだものが入っているときは開きません、と母がいうので、仕方なく純子は話を終えた。

「その帽子どこにある」

急に鏡子が食いついた。ちょっと待ってて。純子は縁側に放置されたままになっていた帽子を被ってもどってきた。つばが広く、父特製の防護ネットがつけられた帽子だ。

鏡子は「さいあく」と小声でいったあと、あげるわ。純子にあげる。といった。帽子星人、と手許の画面を見ながら祐子がいった。

「シャキーン」

「座りなさい」

「はーい」と開けた口にポテトサラダを運ぼうとしたが、ネットが邪魔をした。

そのあと黙って行儀よくご飯を食べていたら、なんだかさっきの話を聞いてもらえなかったのが無性に悔しくなってきた。純子は、父の屁で顔を背けた母たちの皿に昨晩からとっておいたレーズンをこっそり仕込んだ。

母も鏡子も祐子も気づかずにおかずを口に運び、気づかずに飲み下した。何だ、食べられるんじゃないか。

それともいまレーズンが入っていたことを教えてあげようか。

教える、といえば。この前やることがなさすぎて仕方なく読んでいた料理の本に、灰汁について書かれてあった。

灰汁は必ずしもとり除く必要はないそうだ。わるもんだと決めつけている母は、きっとびっくりするだろう。

ひと匙の灰汁はときに深みやコクをもたらすそうだ。

何だか父に似ている。でもまだ口にポテトサラダが残っていた純子は、しばらく口を開くことができなかった。


ちゃんと喋れるようになったら、教えてあげようと思った。

＊

家の扉を開けた先がまったく知らない場所につながっていたらどんなに楽しいだろう、と純子は想像することがある。椰子の木が生える南国や、豪雪地帯の北国、霧が漂う深い森や、魔女が棲んでいそうな怪しい古城だって、どんとこいだ。毎日どきどきしながら扉を開けるが、そこにはきまって見慣れた風景が拡がっている。「あーあ」といいながら、安堵するのだけれど。

純子はサンダルをつっかけ庭へ出た。

春の庭にはたくさんの草花が咲き誇っていた。深く息を吸うと、土や花の香ばしい匂いが肺に満ちる。泉池の水は澄んでいた。小ぶりの鯉が優雅に泳いでいる。父が帰ってきてから家も庭も、もとの姿をとりもどしつつある。工場にはいつのまにか落合や王や長嶋が転がっていて、すごいスピードで汚れていった。

純子は池の前に膝をつき、かがみ込む。

水面へ差し出した手には、ボトルシップが握られていた。あの日難破した帆船は、父の手品によってもと通りに瓶のなかへもどされた。

ふと、灯台が必要だと思った。船を導く光が。それは母がいっていたこれからについてを、指すのかもしれない。

このあいだ、家に『箕島純子殿』と書かれた賞状と高いお肉が送られてきた。自分から父に話しかける母の姿を見たのはそのときがはじめてかもしれない。リビングテーブルには空の額縁が置いてあった。誰が買ったのかは知らない。自由帳を使い終えたタイミングで折りよく届いた賞状の裏に純子は船長の絵を描いた。賞状と船長、どちらを表にして額縁に飾るかは、まだきめかねている。

池の前で船を持ったままふり返ると、縁側に立つ四つの影が目にとまった。父と母と鏡子と祐子が立っている。遠くて表情は読めないけれど、四人は純子の方を見ているようだった。

どうしてこちらを見ているのだろう。眩しいものでも見るように、手や腕で庇をつくって。

やがて純子の手から離れた帆船は、水面でゆらゆらと揺れた。

うまく浮かぶだろうか。正しくすすむだろうか。行き先はわからない。

第42回すばる文学賞受賞作
初出　「すばる」2018年11月号

装幀　國枝達也
装画　酒井駒子

著者略歴

須賀ケイ（すが・けい）
1990年京都生まれ、京都在住。
龍谷大学社会学部卒。本作で第42回すばる文学賞受賞。

わるもん

2019年2月10日　第1刷発行

著者　須賀《すが》ケイ

発行者　徳永真
発行所　株式会社集英社
東京都千代田区一ツ橋2-5-10 〒101-8050
電話　03-3230-6100［編集部］
03-3230-6080［読者係］
03-3230-6393［販売部］書店専用

印刷所　大日本印刷株式会社
製本所　ナショナル製本協同組合

ISBN978-4-08-771177-6　C0093
定価はカバーに表示してあります。